Wilhelm Jordan

Sein Zwillingsbruder

Lustspiel in fünf Aufzügen

Wilhelm Jordan

Sein Zwillingsbruder
Lustspiel in fünf Aufzügen

ISBN/EAN: 9783744623865

Hergestellt in Europa, USA, Kanada, Australien, Japan

Cover: Foto ©Andreas Hilbeck / pixelio.de

Weitere Bücher finden Sie auf **www.hansebooks.com**

Sein Zwillingsbruder.

Personen.

René, regierender Graf von Languedoc.

Bianca, seine Tochter.

Alphons, Erbgraf von Katalonien.

Flordelys, katalonischer Kanzler.

Der Seneschal
Perez, Kammerdiener } des Erbgrafen.

Ines, in Diensten Bianca's.

Bordôn, Haushofmeister bei René.

Vidal Coniamour, fahrender Sänger.

Jaurec, Diener Bianca's.

Minister und Kammerherrn René's, Hofdamen Bianca's
Pagen, Lakaien.

Spielt zu Toulouse.

Sein Zwillingsbruder.

Lustspiel in fünf Aufzügen

von

Wilhelm Jordan.

Den Bühnen gegenüber Manuscript.

Frankfurt a. M.
W. Jordan's Selbstverlag.
1883.
Leipzig: F. Volckmar.

Das ausschließliche Recht, die Erlaubniß zur öffent-
lichen Aufführung zu ertheilen, sowie das Uebersetzungs-
recht behalte ich mir, meinen Erben und sonstigen Rechts-
nachfolgern hiermit vor.

Frankfurt a. M., 1. October 1882.

Dr. **Wilhelm Jordan.**

———

Eine etwas gekürzte, dagegen mit ausführlicheren
Bühnenweisungen versehene, ausschließlich für die Theater
bestimmte Ausgabe in klein Quart und auf Schreibpapier
ist vom Verfasser zu beziehen.

Erster Aufzug.

Fremdengemach im Grafenschloß zu Toulouse.

Erster Auftritt.

Alphons, im Frisirmantel in der Mitte sitzend; **Perez,**
beschäftigt, des Prinzen eigenes Haar unter einer Perücke
von entgegengesetzter Farbe zu verbergen und ihn mit
falschen Augenbrauen, Lippen- und vollem Kinnbart zu
versehen. Bei Aufgang des Vorhangs **Contamour** v. r.

Alphons.

Indeß mein Antlitz anders zu gestalten
Perez versucht, sollst du mich unterhalten,
Freund Contamour. Du weißt es, ich gedenke
Der Gräfin von Toulouse die Circenränke
An mir zu lähmen. Hilf, mich vorbereiten.
Wie sie die Männer, welche sie umfreiten,
Zuerst mit Reiz und feinem Witz umstrickt,
Darauf bekorbt, verlacht nachhause schickt,
Weißt du gewiß genauer zu berichten.

Contamour.

Ja, wenigstens die beiden Hauptgeschichten. —
Nachdem sie schon mit ehrlich kurzem Nein
So manchen abgewiesen, fand sich ein
Der Graf von Aire, dem Rebenland und Flur
Gehört entlang dem Laufe des Abour,
So schön als reich, doch nicht in gleichem Grade
Auch reich an Geist. — Mit neckischer Charade
Gelang es ihr, auf Glatteis ihn zu leiten.
Der fein gespitzte Text ließ einem zweiten,
Doch albern plumpen Lösungswort den Schein,
Ein allenfalls auch passendes zu sein.
Der Graf blieb rathlos. Kurz vor Schluß der Frist,
Auf Biancas Wink, mit abgefeimter List,
Ward ihm von Ines, ihrer Kammerzofe,
Dem schlausten Kobold hier am Grafenhofe,
Die toll verkehrte Lösung aufgebunden.
Die wiederholt' er dann wie selbstgefunden
Im vollen Saal — und ward als falscher Fechter
Entlarvt und abgeblitzt mit Hohngelächter. —

    Dann warb um sie der Herzog von Béarn,
Auch reich, doch sparsam. In ihr Räthselgarn
Hineinzutappen war er viel zu klug;
Doch selbst zuhülfe nahm er etwas Trug.

Was andre Sänger mir davon berichtet,
Ja, schon zu Spottballaden umgedichtet,
Erzählen kann ich, doch nicht Bürge stehn,
Daß ganz genau es ebenso geschehn.

Alphons.

Das thut nichts. Denke: lieber gut gelogen
Als schlecht erzählt.

Contamour.

Ihm war sie fast gewogen;
Doch schien ihr geizbefleckt die Herzogseele.
„Schenkt vom Barett das kleinste der Juwele
Der Ines" — bat sie, um ihn zu erproben.
Wie schnell gehorsam er die Hand erhoben,
Um wirklich nur den allerkleinsten Stein
Vom Hut zu lösen — deutlich zuckte Pein
Durch sein Gesicht. Doch wußte schnell sein Witz
Zu deuten ihrer Augen Unmuthblitz.
„Wenn's Euch erfreut — so sprach er sehr gewandt —
Bin ich bereit, selbst diesen Diamant,
Von hohem Werth und strahlend wie die Sonne,
Zu werfen in die Fluthen der Garonne."

„Dann würd' ich's glauben, sprach sie, daß
zum Glücke
Mich heim Ihr führt. — Thut's morgen von
der Brücke;
Vormittags wollen wir hinüberreiten."

Sie gab ihm Zeit mit schlauem Vorbedacht,
Und wirklich ließ er heimlich in der Nacht
Im Fluß am Boden dichte Netze spreiten.
Gar sorglich maß sein Blick der Bögen Mitte
Am andern Morgen aus beim Brückenritte.
Als wollt' er sie verschwendend überraschen,
In Wahrheit, weil denn doch vielleicht die Maschen
Für ein' Juwel zu weit, nahm er vom Hut
Den ganzen Schmuck und warf ihn in die Fluth. —
Das Steinchen, dessen er sich jüngst entledigt
Für Ines, reicht sie dem Verblüfften hin
Und ruft: „Ihr bringt, Herr Herzog, unbeschädigt
Den Hutschmuck heim — doch keine Herzogin.
Ihr zieltet gut mit euerer Agraffe —
Dem Fischer sagt, daß er die Netze raffe."
Ihm schien die Zung' am Gaumen angedorrt;
Sie warf ihr Pferd herum und sprengte fort.

Alphons.
Warum nur geizt sie so mit ihrer Huld?

Contamour.

Die Rede geht, es trag' ein Traum die Schuld,
Der ihr ein hohes Schönheitsideal
Gezeigt als ihren künftigen Gemahl.
Sie holen kommen werde solch ein Freier
In Fleisch und Bein — das sei ihr Aberglaube.
Wenn's wahr ist, hat sie auf den Nonnenschleier
Mehr Aussicht offenbar als auf die Haube.

Alphons.

O daß du richtig ihre Herzenskühle
Erklärtest! Wasser wär's auf meine Mühle!

Contamour.

Ihr Wahn ist toll, doch selbsterfunden schwerlich;
Ein Lied, jetzt weltberühmt, macht ihn erklärlich:
Vermuthlich stieg zu Kopf ihr die Kanzone
Bertran de Born's von jenem Fürstensohne,
Der ohne Rast, verkappt als Troubadour,
Von Land zu Land, von Hof zu Hofe fuhr,
Um nach dem Bilde, das er einst geschaut
In lichtem Traum, zu suchen seine Braut.

Alphons (eifrig).

Du weißt das schöne Lied?

Contamour (den Finger an die Stirn legend).

Ich hab' es hier.

Alphons.

Vortrefflich! Bring' es also zu Papier,
Und zwar sogleich, im Zimmer nebenan.
Im wunderlichen Plan, den ich ersann,
Ist dir auch eine Rolle zugedacht. (Contamour ab.)
Nun, Perez, hast du bald dein Werk vollbracht?
Gib her den Spiegel.

Perez.

Jetzt noch nicht, Durchlaucht.

Alphons.

Du nimmst dir Zeit.

Perez.

Die jeder Künstler braucht.
Mit ihr nur stellt man Meisterstücke her.

Alphons.

Ist, was ich fordere, denn gar so schwer?

Perez.

Leicht wär' es, wenn ich schminken dürft' und malen,
Was mir Durchlaucht zu meiden streng befahlen.

Alphons.

Weil Weiberaugen das sogleich durchschauen.

Perez.

Das Haar nur darf ich fälschen, Bart und Brauen.
Ihr wollt verwandelt sein . . .

Alphons.

Und nicht entstellt.

Perez.

Ein andrer ganz . . .

Alphons.

Der aber auch gefällt.

Perez.

Seht, gnäb'ger Herr, da liegt der Wolf im Strauch!
„Der auch gefällt" — der Haken steckt im „auch".
Gesetzt, Ihr trüg't ein Dutzenbantlitz nur,
Ihr wäret wohl gar häßlich von Natur: —
Euch durch Verschönung unerkennbar machen, —
Das wär' ein Spaß. Doch liegen hier die Sachen
Just umgekehrt. Gewohnt, den Weibern allen
Zu sehr nur wohl Euch selbst auch zu gefallen . . .

Alphons.

Du meinst . . .?

Perez.

Zu sehr — den Frau'n —; Euch...

Alphons.

Bösewicht!
Wie fein und scharf die Schmeichelzunge — sticht!

Perez.

Euch — eben recht, Ihr wißt genau Bescheid,

Daß einer Ihr der schönsten Männer seid.
So seh' ich's kommen, daß Ihr jach erschreckt,
Wenn Euch der Spiegel nun mein Werk entdeckt.

Alphons.

So trachtetest du Schelm mit deinem Zaubern
Nach Muße nur, den Schreck mir fortzuplaudern?

Perez.

Im Gegentheil, macht Euch gefaßt, zu schaudern
Vor euerm Spiegelbild. Nun bin ich fertig.
(Reicht ihm einen Handspiegel.)

Alphons.

(Ist aufgestanden und hat den Frisirmantel abgelegt.
Nachdem er sich eine Weile beschaut:)
Ich finde mich nicht allzu widerwärtig.
Aus diesen Brauen, auf der Stirn verschmolzen
Und überbuschig, schließt man auf den Stolzen,
Auf Neigung zu tyrannischem Gebieten.
Der Vollbart gibt mir etwas vom Banditen.

Perez.

Ihr merkt den Witz? Erfunden hab' ich nichts,
Gesteigert nur im Ausdruck des Gesichts.

Alphons.

Mensch, du wirst grob!

Perez.

Mit gnädigstem Verlaub,
Habt Ihr nicht oft schon Raub geübt?

Alphons.

Was? Raub?

Perez.

Ich meine Herzensraub, — nur daß bis heute
Ihr immer laufen ließt die schöne Beute.

Alphons
(sich wieder im Spiegel beschauend).

Dies Antlitz, fürcht' ich, macht den Weibern bange.

Perez.

Was höchst ersprießlich ist zum Herzensfange.
Bewunderung mit etwas Angst vermischt
Ist bester Köder, wenn man Weiber fischt.

Alphons.

Doch meinst du, wenn ich falsche Brau'n und Bart
Beseitige und ganz in Eigenart
Vor Der erschein', und nur ein Stündchen später,
Der du mich ähnlich einem Missethäter
Maskirt, — sie würde dann mich nicht erkennen?

Perez.

Versucht's.

Alphons.

Das heißt mein Rückzugboot verbrennen.

Perez.

Versucht's!

Alphons.

Zu groß erscheint mir die Gefahr.

Perez.

Versucht's!

Alphons.

Versucht's! Du plapperst wie ein Staar,
Der nur ein Wort gelernt!

Perez.

Hier ist's das rechte.
Versucht die Taktik erst im Scheingefechte.
Benimmt Euch dies den zagenden Verdacht,
So fühlt Ihr Euch gefeit auch für die Schlacht.
Schon hört mein Ohr gemeßner Tritte Fall;
Der Kanzler kommt und euer Seneschal.
Jetzt nehmet hurtig meinen Mantel um;
Sitzt hier; blickt nach der Thür, vorerst noch stumm,
Und wann Ihr redet, legt in eure Stimme
Schon jetzt ein wenig von dem Maskengrimme,
Den ich mit Bart und Brau'n Euch angethan.

Zweiter Auftritt.

Vorige. **Flordelys** und **Seneschal** durch die Mitte.

Flordelys (sieht sich suchend um).

Wo blieb der Graf?

Seneschal.

Wer ist der Grobian,
Der dort im Stuhl der guten Sitte trotzt
Und ohne Gruß Uns frech in's Antliz glotzt?

Flordelys (zu Perez).

So sprich!

Seneschal.

Dem scheint die Kehle zugeschnürt.

Flordelys (wie oben).

Wo weilt der Graf?

Seneschal (zu Perez).

Hat dich der Schlag gerührt?

Flordelys.

So rede doch!

Seneschal.

Bei Sanct Sebastians Blute,
Bald werd' ich warm! Wohin, wohin geruhte
Durchlaucht zu gehn?

Florbelys.

Auf Strafe sei gefaßt,
Da trotz Verbot du biesen dreisten Gast . . .

Alphons
(bricht in lautes Gelächter aus).

Seneschal.

Ihr lacht auch noch? Ihr sollt mir Mores lernen!
Erkennt Ihr nicht an biesen Ordenssternen
Den Seneschal, und an dem goldnen Vließ
Den Kanzler Kataloniens Florbelys?

Alphons (mit verstellter Stimme).
Ja, hochgestrenge Herrn.

Seneschal.
Und bleibet sitzen?

Alphons (ebenso).
Bequemer ist's. Weshalb Euch drob erhitzen?

Seneschal.
Zum Bersten ist's!

Florbelys.
Herr, endigt diese Posse!
Ihr seid hier . . .

Alphons

(mit natürlicher Stimme, rasch einfallend, indem er aufsteht und den Mantel abwirft).

Zu Toulouse im Grafenschlosse,
Des Grafen Gast und -- wenn mir eure Wahl
Aus Politik — gefällt, — demnächst Gemahl
Der Tochter und der Erbin seines Reichs.

Flordelys (nach einer Pause).

Durchlaucht, was ist der Zweck des Maskenstreichs?

Seneschal.

Mich sehn Durchlaucht an allen Gliedern beben.
Ich bin zerknirrscht ... Geruht mir zu vergeben ...

Alphons.

Den Grobian? — Ein Schock submisser Phrasen
Erlaß' ich dir, zum Dank, daß bis zum Rasen
Bei diesem Scherz dein Fischblut aufgebrodelt.
Bezeugt's mir doch, wie gut mich umgemodelt
Des Perez Kunst. Erst euer blinder Wahn
Beweist mir wohl ausführbar meinen Plan.

Flordelys.

Noch immer staun' ich ob der wundersamen
Verwandlung! Einzig des Gesichtes Rahmen,
Ich seh's, ist umgetauscht; doch nur am Ton
Der Stimm' erkenn' ich meines Fürsten Sohn.

2

Perez (b. S. z. Alphons).

Das merkt Euch, Herr! Sonst wird die Sache kritisch.
Auch mit der Gräfin färbt den Ton — banditisch.

Seneschal.

Durchlauchter Prinz, Ihr habt nun wohl die Gnade,
Uns zu erklären, was die Maskerade
Bezweckt . . .

Alphons.

Nicht dir. Gedulde dich und — schweige.

Seneschal.

Herr, wie das Grab!

Alphons.

Noch besser, wie 'ne Geige,
Die keine Saiten hat. — Wenn meinen Grund
Du selbst nicht weißt, dann hältst du reinen Mund.
Sonst wird mir doch aus dir mit Höflingsschlichen

(mit der Gebärde des Geigens)

Des Räthsels Melodie herausgestrichen.
Mit Perez warte draußen, bis ich läute.

(Perez und Seneschal ab.)

Dritter Auftritt.

Alphons, Flordelys.

Flordelys.

Durchlaucht, vergaßet Ihr, daß schon für heute
Die Audienz, die Brautschau und das Mahl
Nach euerm Wunsche Graf René befahl?

Alphons.

Nein, Flordelys.

Flordelys.

       Und wollt Ihr so verwandelt
Zu Hofe gehn?

Alphons.

       Ja, weiser Diplomat.
Ihr wähnt mich schon mit Haut und Haar verhandelt,
Weil ich bisher noch niemals Einspruch that.
Nicht meine Art ist Widerstand mit Reden,
Was Eifer nur zu Gegenreden schürt. —
Nachdem neun Jahre fast so blut'ge Fehden
Mit diesem Grafen unser Haus geführt,
Verstandet Ihr — mit Wachs ein Pergament,
Das Frieden schließt auf ewig, zu besiegeln.

2*

Alphons (erfreut und mit Nachdruck).

Das ist, wenn wahr, mir lieber, als Ihr denkt.

Flordelys.

Nur allzulieb! Wer Staatsgeschäfte lenkt,
Darf nicht nach Sternen langen wie ein Kind,
Muß Ding' und Menschen sehen wie sie sind;
Der hüte sich davor, daß er die derbe,
Oft grausam harte Wirklichkeit sich färbe
Mit Dichtertraumes Regenbogenstrahlen;
Schwer muß er selbst es und sein Volk sonst zahlen,
Daß er gewähnt, auf Wolkenspiegelpfaden
Gelange man zu seeligen Gestaden. —
Die rechte Fürstin hab' ich Euch gefunden;
Auch Euer Herz wird sich für sie erwärmen . . .

Alphons.

Das eben will ich sicher erst erkunden.

Flordelys.

Das heißt: versuchen, ob das tolle Schwärmen,
Die stete Fabelei der Dichterlinge,
Euch stracks bei Bianca aus dem Häuschen bringe.

Alphons.

Wie schlecht versteht Ihr mich! Ihr sollt beschämt
Erkennen, daß Ihr doch zu leicht mich nehmt.

Geheim noch halt' ich, was ich mir erfonnen.
Ich fage nur: Ihr habet n i ch t gewonnen,
Wenn f r e u n b l i ch abläuft unfer erst' Begegnen;
Dann würb' uns nie zum Paar die Kirche fegnen.
Doch wenn ich hier, was mühfam Ihr gefponnen,
Mit rauher Faust wie mitleiblos zerfeße, —
Dann wißt: entbeckt hat meine Wünfchelruthe
In diefer Braut die heißbegehrten Schäße,
Und meine Scheinflucht vor dem höchften Gute
Ist A n l a u f r ü ck f ch r i t t nur, um kühn zu f p r i n g e n
Und mir die Beute ficher zu erringen.   (Ab.)

Ilordelys.

Gefügig folgt' er uns bis dicht an's Ziel;
Da fchwenkt urplötzlich ab fein Eigenfinn
Und gibt den wohlgeficherten Gewinn
Dem Zufall preis in tollem Würfelfpiel!
Wozu die Mummerei nur dienen foll?
Wozu der Brief, den er g e h e i m n i ß v o l l,
Als käm' er vom kaftilifchen Gefandten,
Dem über unfern Plan zur Wuth entbrannten,
Der Gräfin in die Hände fpielen ließ?
Daß ihn mein Vorwurfslob fo hoch erfreute, —
Als ich in ihm den Verfemacher pries, —
Ich fürchte faft, daß ich es richtig deute:

Die Braut als ebenbürtiger Gemahl
Erwerben dünkt zu leicht ihm und banal.
Erproben will er sich als Herzensfänger,
Verkappt als Troubadour und Minnesänger.
Er fälscht sich selbst, um unverfälscht
.   und eigen
Erst in der falschen Rolle sich zu zeigen!
Was muß ich thun bei so bewandten Sachen?
Zum schlimmen Spiele gute Miene machen,
Damit, was Staatskunst klug und ernst beschlossen,
Zustande kommt — durch wunderliche Possen. (Ab.)

Verwandlung.

Zimmer der Gräfin Bianca mit einer Thür links und
einer zweiten im Hintergrunde rechts. Neben der letzteren
ein niedriger, nach der Thür links zu verdeckter Sitz.
Vorn links ein Tisch mit Schreibzeug und Papier.

Vierter Auftritt.

Ines, von rechts, später Bordôn.

Ines.

Wie noch immer, sobald sich ein Freier gezeigt,
Phantasirt meine Gräfin auf's Neue
Vom Zukunftsgemahl, den im Traum sie gesehn,
Und gelobt ihm ewige Treue.
(Tritt an den Tisch und nimmt ein Blatt Papier auf.)

Jetzt schriftlich sogar! — Ein begonnen Gedicht
Im Bertran de Bornischen Tone!
Erborgt sind die Worte, die Reime sogar
Aus de Born's berühmter Kanzone.

(Liest.)

„Ich kenne dich seit lange schon;
Denn ebenso, wie heute hier
In gottgesandter Vision
Ich dir erschein', erschienst du mir.
O glaub' es meinem Seelenruf,
Daß Er, der uns're Herzen schuf,
Sie vorbestimmt zum Glückverein;
Drum bleibe frei und harre mein."

(Spricht.)

Ich dachte bisher, daß einzig de Born
Sie bethöret mit seinem Gedichte
Zu dem Wahn, es spiele der Himmel mit ihr
Die nämliche Wundergeschichte.
So bedauert' ich fast schon als übergeschnappt
Die Prinzeß, die so lieb sonst und klug ist.
Jetzt hab' ich's entdeckt, daß der Spuk, der sie quält,
Zugleich ein Gedächtnißbetrug ist.
Auf die richtige Spur hat das Knabenportrait
In des Fürsten Gemach mich geleitet. —

Wo bleibt nur Bordôn? Ich brauche das Bild,
Eh' zum Kampf sich die Gräfin bereitet.
Doch er kommt.
(Bordôn von rechts.)

Bordôn.

Was verschafft mir das seltene Glück,
Daß Ines gewünscht, mich zu sprechen?

Ines.

Mein guter Bordôn . . .
Bordôn (b. S.).

Zu schwierigem Dienst
Soll der herzliche Ton mich bestechen.
(Laut.)
Seid Ihr milder gesinnt?

Ines.

Mein guter Bordôn,
Ich sag' es Euch ehrlich und offen,
Ihr täuscht Euch schwer, als der Ines Gemahl
Ein glückliches Leben zu hoffen.
Ihr würdet zu spät, was ich zweifellos weiß,
Durch unheilbares Elend erfahren,
Daß Ihr selbst Euch zur Hölle auf Erden ver-
dammt,
Wenn Ihr's wagtet, mit mir Euch zu paaren.

Gewissen und Pflicht sind verkörpert in Euch,
Ihr seid ernst, bedachtsam, gemessen: —
Ein flackriges Irrlicht heiß' ich mit Recht
Und von Koboldslaunen besessen.

Pordôn.

Ihr verleumdet Euch selbst. Mir bangt nicht
davor . . .

Ines.

Daß wir zwei für einander nicht taugen,
Das . . .

Pordôn.

Das glaube ich nie.

Ines.

Euch fallen vielleicht
Die Schuppen noch heut von den Augen.
Doch — wähnt bis dahin, ich könne mich doch
Noch zu andrer Gesinnung bekehren,
Und leistet mir jetzt einen wichtigen Dienst.

Pordôn.

Mit Freuden. Ihr dürft nur begehren.

Ines.

So hört. Als ich gestern dem gnädigsten Herrn
Von der Gräfin ein Zettelchen brachte,
Beschaut' er ein Bild.

Jordôn.

Ein Knabenportrait?

Ines.

Ganz recht. Sagt, ist's, wie ich dachte,
Ein Bildniß vielleicht des Grafen Alphons?

Jordôn.

Getroffen! So gut wie beschlossen
War früher einmal die Heirath schon.
Neun Jahre seitdem sind verflossen.
Anstatt zur Verlobung kam es zum Krieg —
Im Archiv lag das Bild unterdessen.
Erst neulich hab' ich's hervor da gesucht;
Unser Fürst hatt' es völlig vergessen.

Ines.

Hat das Bild auch Bianca schon damals gesehn?

Jordôn.

Ja gewiß! Wer sollt' es ihr wehren?

Ines.

Rasch, holt es mir her.

Jordôn (mit Gebärden des Entsetzens).

Aus des Herrn Kabinet?
Und heimlich?

Ines (nachspottend).

„Ihr dürft nur begehren."

Bordôn.

(Seufzt; nach kleiner Pause mit schwerem Entschluß:)
Ja, — Ihr dürft — und ich thu's! — Es bringt
                    mich das leicht
Um den langebekleideten Posten —
Doch ich thu's, denn ich hoffe, dann meßt Ihr den Lohn
Mir gemäß den getragenen Kosten.   (Ab.)

Ines.

Gerade wie jüngst, als von Aire und Bearn
Die Fürsten Biancan umworben,
So sinnt sie erpicht auf Ränke bereits,
Auch den Grafen Alphons zu bekorben.
Nun schlägt sich vermuthlich ihr schwärmendes Herz
Für Den auf die helfende Seite;
Denn ich wette darauf, daß ihr Traum unbewußt
Nur das Knabenbild abkonterfeite.

(Bordôn, das Bild verhüllt unter dem Mantel tragend,
            kehrt zurück.)

Ines.

Was thut Ihr ängstlich? Ist es Euch mißglückt,
Das Bild zu finden und herauszuholen?

Bordôn.

Ach nein, ich hab's. Doch auf's Gewissen drückt
Mir's centnerschwer, daß ich's für Euch — gestohlen,

Gestohlen, Ich, Bordôn, und was noch schlimmer,
Gestohlen aus des Fürsten Arbeitszimmer!
Ihr seht, für Ines ist mir nichts zu schwer.

Ines.

Gedenken will ich's Euch. So gebt es her.

Bordôn.

Was habt Ihr vor damit?

Ines.

Was Dank und Lohn
Auch Euch von Graf René verdienen soll.

Bordôn.

Erklärt's· und thut nicht so geheimnißvoll.

Ines (ihm das Bild abnehmend).

Ein andermal, mein lieber Freund Bordôn.
Die Gräfin kommt. Geht, geht.

Bordôn (b. S.).

In solchem Ton
Hat sie noch nie mich „lieber Freund" genannt.
(Laut.)
Euch, Ines, folg' ich ohne Widerstand.   (Ab.)

Ines (ihm nachblickend).

Was recht bequem ist, wenn man dich gebraucht,
Zum Lieben aber nichts für Ines taugt.
(Enthüllt das Bild und betrachtet es.)

Ein schöner Knabenkopf, wie mondbestrahlt
Inmitten dichten Nachtgewölks gemalt.
Das stimmt ja ganz zu Biancas Traumgesicht.
(Stellt das Bild aufrecht mitten auf den Tisch und ver-
hüllt es wieder. Dann tritt sie an die Thür links und
lauscht.)
Sie kommt. — Sie redet mit sich selbst. — Sie spricht
Vom Traumgemahl — von ihrer Vision.
(Setzt sich neben die Thür rechts.)

Fünfter Auftritt.

Ines, Bianca, im Morgenkleide, langsam von links,
mit der Hand die Augen bedeckend.

Bianca (träumerisch flüsternd).

Ich kenne dich seit lange schon.
O glaub' es meinem Seelenruf,
Daß Er, der unsre Herzen schuf,
Sie vorbestimmt zum Glückverein;
Drum bleibe frei und harre mein.
(Aufblickend, entschlossen.)
So sei's! Ich will der Welt als thöricht gelten;
Sie mag mich launisch, mag mich grausam schelten,

3

Mir ficht es nimmer meinen Glauben an,
Daß mir im Traum ein Wahrbild aufgestiegen.
Erscheinen wird der unbekannte Mann;
Ich fühl's, er muß mir bald entgegenfliegen.
So sei sein Bild mein Herzenstalisman,
Auch diesmal die Versuchung zu besiegen. —
Drum schleife dir so scharf, mein Witz, die Schneide,
Daß auch Alphons die Werbung ich verleide.

Ines (hervortretend).

Laßt euern Witz einstweilen in der Scheide.

Bianca.

Du hier?

Ines.

Ich habe jemand mitgebracht.

Bianca (sich umschauend).

Bin ich denn blind? Ich kann hier Niemand sehn.

Ines.

Und sah't ihn doch genau bei finstrer Nacht.

Bianca.

Was fabelst du? Wie soll ich das verstehn?

Ines.

Ich fable nicht. Aus eurer Fabelwelt
Den Traumgeliebten hab' ich herbestellt.

Bianca

(hoch aufgerichtet, sehr herrisch und scharf).

Gerathner wär's, wenn Ines nicht vergäße,
Daß Gräfin Bianca ein für allemal
Und sehr bestimmt sich dieses Themas Wahl
Verbeten hat für schlechte Späße.

Ines.

Verzeiht dem Ernst des Worts den Scherzeston
Und gönnet euerm Tisch dort einen Blick.

Bianca.

Was birgt dies Tuch?

Ines.

Ein unverhofftes Glück,
Erfüllung, denk' ich, eurer Vision.

Bianca (drohend).

Weiß Ines, wenn sie nur zu witzeln wagt,
Sich heute noch aus meinem Dienst gejagt?

Ines.

Sie weiß es — und ein innig Dankeswort
Erwartend, zieht sie jetzt die Hülle fort. (Thut es.)

Bianca.

(Starrt das Bild eine Weile regungslos an und verräth
durch stummes Spiel Erkennen ihres Traumes und freu-
biges Staunen.

Die Knospe — die mein Traum entfaltete

3*

Zum schönen Mann! — Unfaßlich! — Himmelsgeister
Sind helfend unterthan dem großen Meister,
Der meine — Ahnungen gestaltete!
(Sinnt eine Weile, als dämmere ihr eine Erinnerung.)
Ja wohl, ja wohl! Wie leichten Wolkenflor
Der matte Schein durchglimmt von einem Sterne,
So dämmert jetzt mir aus der Zeitenferne
Erinnrung auf: ich sah dies Bild zuvor!

Ines.

Jetzt kommt Ihr endlich auf die rechte Spur.
Der Maler war durchaus kein Wunderthäter,
Der durch Magie von euerm Traum erfuhr:
Er malte schlicht und recht nach der Natur.
Ihr saht sein Bild, und manchen Monat später
Als Andres euern wachen Geist zerstreut
Hat's Euch die Phantasie des Schlafs erneut.
Bertran de Borns entzückend schönes Lied
Vom Sänger, der die weite Welt durchzieht
Und hoffend sucht die gottbeschiedne Braut,
Die hell sein Geist in dunkler Nacht geschaut,
Hat Euch die Seele dann berauscht, geblendet,
Und euern Glauben an den Traum vollendet.

Bianca.

Erbarmungslose Deuterin, halt ein!

Ines.

Getrost! Das Traumbild lebt in Fleisch und Bein!
Vernehmt's und staunt: es geht auf Freiersfüßen
Und wird Euch heut' als — Graf Alphons
begrüßen.

Bianca (sich an einem Stuhl haltend).

Alphons! — O Gott! — Nun wird mir's blutig frisch,
Was ich vergaß! — Auf meines Vaters Tisch
Hab' ich das Bild gesehen — kurze Zeit,
Bevor die Mutter starb.

Ines.

Dies Herzeleid
Hat's ausgelöscht in euerm Taggewissen;
Doch hinter eurer Seele Traumcoulissen,
Da blieb es stehn. Verklärt und großgezogen
Von euerm Wunsch . . .

Bianca.

hat's mich so arg betrogen!
Der Feind Alphons! — Mein Herzblut fühl' ich stocken!
Ines, du denkst, ich müßte jetzt frohlocken?
Ein schwerer Irrthum! Aechzend aufzuschrei'n
Legt näher mir die namenlose Pein. —
Ja, unerbittlich wahr, unwiderleglich
Entlarvst du mich. Es trifft mich unerträglich.

Du schlugst mir meine Seele flügellahm,
Ich fühle mich erdrückt, zermalmt von Schaam.
Verspotte mich! — Von ihrem Ehrensitz
Vor Gottes Throne sah ich Engel steigen
Zur Wunderthat für meinen — Aberwitz
Und mir im Traum den künft'gen Gatten zeigen.
Verlache, Ines, deine stolze Herrin: —
Ein Farbenklexer machte sie zur Närrin.

Ines.

Jetzt, Gräfin, schwindelt mir auch der Verstand!
Gekränkt, so scheint's, daß alles Wunder schwand,
Läßt euer Stolz der Freude keinen Raum,
Erfüllt zu sehen euern Liebestraum.

Bianca.

Erfüllt? — Von Ihm, der unsre Heere schlug?
Der mich zu jahrelangem Selbstbetrug
Verleitet hat mit seinem Konterfei
Und selbst nun kommt, mit Liebesheuchelei,
Was nicht zu haben war mit Schwertesstreichen,
Die Marken meines Vaters, zu erschleichen?

Ines (b. S.).

Wenn diesem Sturm nicht bald die Jahreswende
Zum Frühling folgt, ist mein Latein zuende.

(Laut.)

So denkt Ihr auch den Grafen abzuführen?
Ich soll wohl helfen? Gilt es neue Ränke?

Bianca.

Ach, wenn ich selbst nur wüßte, was ich denke!
Ja, geh', wie sonst, den Freiergast umspüren.
Berichte mir . . .

(Sie bricht ab und beschaut das Bild.)

Ines (b. S.).

Sie stockt. Mir scheint, es weicht
Ihr Unmuth schon.

Bianca.

Wie schön! (wie erwachend) Du
mußt versuchen,
Ihn selbst zu sehn. Ob er dem Bilde gleicht
Berichte mir.

Ines (b. S.).

Es riecht nach Hochzeitskuchen.

(Laut.)

Ich gehe.

Bianca.

Warte noch. (Jaurec tritt auf.) Was
bringst du, Jaurec?

Jaurec.

Den Brief an Euch.

Bianca.

Von wem?

Jaurec.

Das weiß ich nicht.
Ein Diener des kaftilischen Gesandten
Hat ihn gebracht. (Ab.)

Bianca.

Das ist ja sonderbar.

(Oeffnet den Brief.)

Ines (b. S.).

Ich wollt', es ftünd' im Brief ein Hinderniß,
Dann hätte Graf Alphons die Braut gewiß.

Bianca (lesend).

„Erfahret, daß Graf Alphons einen Zwillingsbruder hat, der eine Stunde früher geboren wurde,
aber nicht lebensfähig schien. Als er dennoch auf-
kam, gab man den Schwächling zu Gunsten des
zweitgeborenen kräftigen Knaben für gestorben aus
und schickte ihn heimlich in's Ausland. Dort ist
er zum starken Manne gediehen. Leiblich ein kaum
unterscheidbares Ebenbild des Grafen Alphons, ist
er an Herz und Geist dessen gerades Gegentheil.
Gefeiert und beliebt als einer der begabtesten Trou-

dadours der Provence, weiß er noch nichts von
seiner Herkunft. Sein Erstgeburtsrecht wird ihm
aber bewiesen werden, sobald sich die Gräfin
von Toulouse mit Alphons vermählt. In diesem
Falle sind Frankreich und Kastilien bereit, die
katalonische Grafenkrone dem legitimen Erben zu
erzwingen.“

(Sie geht heftig erregt auf und nieder; dann höhnisch:)
Kastilien, Frankreich passen wunderbar
Der Gräfin von Toulouse zum Vormundspaar,
Fast wie zum Gartenwächterdienst der Bock!
Nach Katalonien lechzt Kastilien,
Und Frankreich pflanzte gern in Languedoc
Das Banner auf der goldnen Lilien.
Sie sahen ihre Theilungspläne reifen
Durch unsern Krieg. Bereit schon, zuzugreifen,
Erkennen sie mit bitterstem Verdruß
Den Raub verwehrt durch unsern Friedensschluß,
Und, wenn wir Erben zum Altare schritten,
Das schlaue Netz in Fetzen gar zerschnitten,
Mit welchem sie seit Jahren uns umgarnt.

(Unterdeß wieder vor dem Bilde angekommen.)
Ihr Thoren! Wer mich vor dem Helden warnt,
Der aufgeblüht aus dir, du schöner Knabe,

Empfiehlt ihn mir auf's Höchste. — Nicht Merlin
Besaß die Macht in seinem Zauberstabe,
So schnell zu wirken, was unmöglich schien,
Wie dieser Brief.

Ines.

So bin ich überhoben
Des Späheramts, und Graf Alphons der Proben?

Bianca.

Bewahre! Geh' und bringe mir Bericht.
Je mehr für ihn mich Bild und Brief besticht,
Um desto strenger bin ich drauf bedacht,
Daß kühl der Kopf das heiße Herz bewacht.
Denn überstrahlt' auch, wie den Mond die Sonne,
Alphons, der Mann, mein Traumbild nach dem
Knaben,
Ich wäre wahrlich lieber noch als Nonne
In einem Kloster lebenslang begraben,
Als ihm vermählt, wofern er mir verriethe,
Er werde nur um unsere Gebiete
Und würde sich um diesen Preis bequemen,
Ein böses Weib selbst in den Kauf zu nehmen.
Mich, mich zu lieben muß er mir beweisen,
Sonst mag er heim nach Barcellona reisen.

(Vorhang fällt.)

Zweiter Aufzug.

Thronsaal. Links vorn, nahe der Coulisse, doch einen schmalen Raum zum Dahintertreten freilassend, eine Estrade; mitten auf derselben, drei Stufen hoch, der Grafenthron; diesem zur Rechten, eine Stufe niedriger, ein kleinerer Goldsessel für Bianca, beide jetzt noch mit reicher Decke verhüllt.

Erster Auftritt.
René, Bianca.

René.

Mein Kind, nicht lebenslang laß mich bereu'n
Den Schwur an deiner Mutter Sterbebett,
Dich wider Neigung niemals zu vermählen,
Begehrt' auch Frankreichs König deine Hand.

Bianca.
Noch mir zu weigern, den mein Herz erköre.

René.
Ach, die Gefahr ist klein! Ein rechter Mann
Nach deinem Sinn — wo wäre der zu finden?

Bianca.

So kläglich stünd' es um die Männerwelt?

René.

So unerfüllbar träumst und forderst du!
Bereits der fünfte Fürst, den du mit Hohn
Bekorbtest, war der Herzog von Bearn.
Von Kindesbeinen wachsen Fürstentöchter
Hinein sonst in's Bewußtsein, unterthan
Dem Fürstenbrauch zu sein. Familienrath,
Gesandtenhandel, Staatsverträge fädeln
Die Ehen ein. Was Reihen von Geschlechtern
Hindurch gegolten hat, erzieht zuletzt
Gefügigkeit wie ein Naturgebot,
Und meistens ist gediegnes Glück der Lohn.
Daß du so früh erfuhrst, befreit zu sein
Von dieser Pflicht und Satzung unsres Standes, —
Das zog dir groß den spröden Eigensinn.

Bianca.

Und schließlich doch dir selber zum Gewinn.
Wenn ich als willenlose Schachfigur
Erduldet hätte die geplanten Züge
Und in Bearn jetzt, oder am Abour
Die Herzogs= oder Grafenkrone trüge, —
Was hättest du davon? Gesteh's doch nur,

Mein Herzenstrotz war auch politisch klug.
Du schwörst ja, daß erst jetzt der Meisterzug
Sich biete, welcher alles Ungemach
Der Politik mit einem Doppelschach
Für Frankreich und Kastilien wirksam hebe,
Wenn ich die Hand dem Katalonier gebe.

René.

Obwohl das Glück, beharrlich zum Erstaunen,
Zu lohnen, statt zu strafen deine Launen
Beflissen scheint und dir zum· sechstenmal
Vergönnt noch beff're, ja, die beste Wahl, —
Mir bangt, daß wieder deine stolze Schärfe
Auch dies, sein höchstes Angebot, verwerfe.
Du suchst ein Unding, Kind: Licht ohne Schatten;
Denn fehlerlos verlangst du deinen Gatten.

Bianca.

Vernimm's: die gleiche Richtung halten heut'
Mein Wunsch, und was die Politik gebeut.

René.

Glückauf! Das Wort gibt schöner Hoffnung Raum.
So hast du wirklich deinen wachen Traum,
Die Vision, wie du es nennst, vergessen
Und willst Alphons nicht nach dem Bilde messen,
Das diese dir vom künft'gen Gatten zeigte?

Bianca.

Es steht jetzt anders. Höre meine Beichte:
Kurz vor dem Ausbruch unsres blut'gen Streits
Mit Katalonien plantet Ihr bereits,
Mich einst dem Sohn Fernandos zu vermählen —
Ich mochte damals fünfzehn Jahre zählen.
Das damals hergesandte Bild des Knaben
Alphons auf deinem Tisch geseh'n zu haben
Vergaß ich rasch, als mit dem Krieg zunichte
Der Plan auch ward. Doch meinem Traumgesichte
Lieh unbewußt das Knabenbild die Züge.
Nachdem ich's heute wiederum beschaut,
Erkenn' ich's klar. War's keine Künstlerlüge
Und hält, was ich dem Knaben zugetraut,
Der reife Mann —, dann lieber Vater, füge
Ich dir mich gern und werde seine Braut.
Was obendrein mich nun für ihn besticht,
Ist dieser Brief. Ein ungenannter Wicht
Versucht in ihm den Grafen anzuschwärzen,
Was stets Empfehlung ist für edle Herzen.

René.

(Liest den Brief, eine Weile still für sich, dann laut.)
Sein Erstgeburtsrecht wird ihm aber bewiesen werden,
sobald sich die Gräfin von Toulouse mit Alphons

vermählt. In diesem Falle sind Frankreich und
Kastilien bereit, die katalonische Grafenkrone dem
legitimen Erben zu erzwingen."
Kind, höchst bedenklich ist der Zwischenfall!
Aus Frankreich oder aus Kastilien kommt
Der Brief. — Ein Zwilling ist der Graf Alphons.
Des Mitgebornen Tod ward unserm Hof
Von Barcellona, wie das Brauch, gemeldet.
So wär' es denkbar . . .

Bianca.

Daß ein Doppelgänger
Des Grafen lebt, und zwar als — Bänkelsänger;
Das heißt: zum Thronberuf genau so leicht
Zurückerziehbar, als man — Mohren bleicht.
Kurz, mich bewiegt der ungenannte Warner
Weit minder scharf, als gegen den Bearner,
Vor Graf Alphons auf meiner Hut zu sein;
Ja, fast schon fang' ich an, ihm gut zu sein,
Bevor ich ihn gesehn. Zu bestem Lobe
Von ihm bestanden wünsch' ich d'rum die Probe,
Der doch auch ihn ich unterwerfen muß.

René.

Die leider nun ich selbst verschärfen muß

Nach diesem Brief! Denn lebt als Troubadour
Sein Zwillingsbruder wirklich, und erfuhr
Kastilien das und Frankreich, dann bereiten
Mit dieser Heirath wir uns böse Zeiten! —
Nun kleide du dich zur Begrüßungsstunde;
Doch nimm nicht allzuleicht die heikle Kunde.
Jetzt wünsch' ich die Entscheidung aufgeschoben
Und rathe selbst zu möglichst scharfen Proben. (Ab.)

Bianca.

So sind die Herrn! Ob mir ein Freier paßt,
Erst sehn zu wollen, dünket ihrer Hast
Nur Weiberlaune, schierer Eigensinn;
Doch wenn das Herz der Schachbrettkönigin
Sich wirklich nun einmal nicht abgeneigt
Nach ihrem Plan sich zieh'n zu lassen zeigt
Und dann empor ein graues Wölkchen taucht
Am Zukunftshorizont — wie schnell verraucht
Ihr Eifer flugs! — Gesetzt, die Mär sei wahr —
Willkommner nur macht mir den Bund Gefahr.

Zweiter Auftritt.

Bianca, Ines.

Bianca.

Nun, Ines, was hast du vom Grafen erspürt?

Ines.

Noch nichts, muß ich leider gestehen.

Bianca.

Wie sieht er denn aus?

Ines.

Noch hat sein Gesicht
Kein hiesiges Auge gesehen.
In der Nacht kam er an und weilt wie verschanzt
Im hintersten Frembengemache.
Unburchbringlich davor — so sagen die Herrn —
Hält jetzt sein Gefolge die Wache.
Ja, wär' ich ein Mann, mich sollten sie wohl
So leicht von der Pforte nicht weisen
Wie den Tölpel Borbôn, so oft er bisher
Mit Getränken erschienen und Speisen.
Auch hab' ich dahin — Ihr befahlt's — mich verirrt
Und versucht schon in leichtem Geplänkel.
Ja, einer der Vögel, ein stelzender Pfau,
Der Seneschal, tappt' in den Sprenkel
Mir fast schon hinein; doch rief ihn da flugs
Mit pfiffig bedeutsamem Blinzen
Zum Gebieter zurück der geriebene Fuchs,
Der Kammerdiener des Prinzen.

Bald kommen die beiden zusammen hieher,
Um zu prüfen den Saal zum Empfange,
Da der Prinz, ob sein Sitz auch würdegemäß,
Vorher schon zu wissen verlange.

Bianca.

So weiß nun auch Ich schon Eines von ihm:
Sein Stolz ist ein großer — im Kleinen.

Ines.

Wofern er nicht spielt. — Versuchtet Ihr selbst
Nicht schon oft, was Ihr nicht seid, zu scheinen?

(Kleine Pause.)

Nun saget mir schnell, was soll ich die Herrn
Heut beibringen lassen dem Grafen,
Daß dem Freier ein Blink vom Leuchtthurm scheint,
Der den Curs ihm zeige zum Hafen,
Und nichts als foppendes Irrlicht ist,
Auf den Sand ihn rennen zu lassen?
Gilt's wieder, von Räthseln mit doppeltem Sinn
Den falschen ihn kennen zu lassen?

Bianca.

Zwar — dies Mittelchen hab' ich schon einmal gebraucht
Und mir deucht, zu gewöhnlich und platt sei's
Für den Grafen Alphons; denn man rühmt seinen
Witz . . .

Ines.

Ja, der geht wol so leicht nicht auf Glatteis.

Bianca.

Auch hab' ich für ihn mir eben deshalb
Ganz andere Proben ersonnen.
Doch — es würde mir passen, verfiel' er dem Wahn.
Er habe die Braut schon gewonnen,
Nachdem er die Falle in deinem Verrath
Verstanden habe zu meiden
Und den richtigen Kern der zu knackenden Nuß
In artige Worte zu kleiden. —
Mein Räthsel ist kurz. Doch behalt' es genau:

(Langsam.)

Wovon ist die Hälfte der ganze?

Ines (wiederholend).

Wovon ist die Hälfte der ganze.

(Pause.)

Bianca.

Von Halbkreis — Kreis — ist das richtige Wort,

Ines.

Und das falsche?

Bianca.

Nimm an, ich zertanze
Die Sohle des Schuhs, doch des rechten allein ...

4*

Ines.

Ich habe genug an dem Winke!
Dann paßt als Lösung zur Noth: vom Paar
Der ganz gebliebene linke.
Ein köstlicher Spaß, wenn dem Seneschal das
Nun alsbald in die Ohren ich blase
Und zum Platzen er schwillt vom Stolz auf die fein
Das Verborgenste witternde Nase.

Bianca.

Doch das richtige Wort behältst du für dich.

Ines.

Versteht sich.

Bianca.

Komm's mir berichten,
Wie die Schnurre verlief. (Langsam:) Ich hoffe
diesmal,
Den führen wir nicht in die Fichten. (Ab.)

Ines.

Sie hofft es! — Das ist ein verstohlener Wink
Entgegen dem offnen Befehle. —
Verrathen soll ich das richtige Wort,
Indem ich es scheinbar verhehle. —
Ein kitzlicher Fall! So versuche, mein Witz,

Zu verhüllen und dennoch zu zeigen,
Aus der Schule zu schwatzen dem Winke gemäß,
Doch gehorsam zugleich zu verschweigen. —
Man kommt! (Tritt hinter die Thronestrabe.)

Dritter Auftritt.

Ines. Bordôn, in der Rechten den Haushofmeisterstab
mit großem Silberknopf. Drei Lakaien bringen eine
größere und eine kleinere Unterstufe, beide zusammen
von genau gleicher Höhe mit denen unter dem Sessel
für Bianca, Teppiche und einen vergoldeten Armstuhl.

Bordôn.

Stellt hier, den Thronen Seiner Hoheit
Und der erlauchten Tochter gegenüber,
Wie sonst, dem Prinzen das Esträbchen auf.
So — etwas schräg. — Nein, nicht so weit zurück.
Habt ihr kein Augenmaß? Genüber, sagt' ich.
Schiebt vor die Stufe. — Nun die kleine drauf —
Den Teppich drüber — Gut! — Und nun den Stuhl —
Nehmt auch die Decken von den Thronen ab. —
Jetzt könnt ihr geh'n. (Lakaien ab.)
　　　　Wer weiß, wie oft ich noch
Die Freierwirthschaft auf den Hals bekomme!

Und stets umsonst! Denn dies Eiszapfenherz
Bleibt ungeschmolzen, eitel Fastnachtscherz
Dies Probespiel — ein tückisch K o r b g e s c h ä f t!
Und Mir zu ganz besondrem Aerger äfft
Die hübsche Zofe nach der Herrin Rolle.
Mit jedem Fant, den mit hieher gebracht
So'n Werbeprinz, spielt sie die Liebestolle,
Und beißt er an, so wird er ausgelacht.
Sie thut's nur, mich mit Eifersucht zu quälen.
Doch ist er abgeblitzt und werb' ich dreister
Und biet' ihr an, mit mir sich zu vermählen,
Dann heißt's . . .

Ines (hervortretend).

Wo denkt Ihr hin, Herr Haushofmeister?

Dordôn (v. S.).

Der Kobold selbst.

Ines.

Was hattet Ihr im Sinn?

Dordôn.

Nichts Gutes —: Euch!

Ines.

So sprecht, wo denkt Ihr hin?

Bordôn.

Nach einer Höll' auf Erden, schöner Satan
In Weibsgestalt! — Schon nehm' ich euern Rath an.

Ines.

Das heißt?

Bordôn.

Um Euch zu haffen statt zu lieben,
Versuch' ich das Recept, das Ihr verschrieben.
Vor Augen stell' ich's mir, zu welcher Pein
Es mich verdammte, euer Mann zu sein.

Ines.

Und hilft's?

Bordôn.

Ja wohl. Schon fang' ich an zu haffen.

Ines.

Da könnt' ich fast zum Dank mich küffen laffen.

Bordôn (die Arme ausbreitend).

Ach, Ines . . .

Ines.

Halt! Wir müffen's noch verschieben,
Unheilbar fallt Ihr sonst zurück in's Lieben. —
Jetzt aufgepaßt! — Verrathet keine Spur
Von Eiferfucht. Zu fchäfern, aber nur
Im Dienft der Herrin, ist jetzt meine Pflicht.

Bordôn.

Mit Perez wohl, dem unverschämten Wicht?

Ines.

Mit ihm sowohl, als mit dem Seneschal.

Bordôn.

Und Ich soll zusehn? Welche Folterqual!

Ines.

Beschäftigt stets, wann ich mit einem spreche,
Den anderen.

Bordôn.

Doch denkt an meine Schwäche
Für Euch und treibt das Spiel nicht allzubunt.

Ines.

Sie kommen. Aufgepaßt und (mit dem Finger drohend)
reinen Mund!

Vierter Auftritt.

Vorige. **Perez; Seneschal,** einen Zollstock in der Hand,
begrüßt erst Ines mit gravitätisch tiefem Bückling, dann
Bordôn in kurzer Seitenwendung mit herablassendem
Kopfnicken.

Ines.

Herr Seneschal, was schafft uns den Genuß,
Euch hier zu sehn?

Seneschal.

(Verbeugt sich nochmals, indem er demonstrativ die Hand
auf's Herz legt; dann mit halber Wendung und trium=
phirenbem Lächeln zu Perez.)

Beweist nicht schon der Gruß,
Wie gut ich ihr gefiel?

Perez (ironisch).

Unzweifelhaft.

Seneschal.

Mein schönes Fräulein, schon die Zauberkraft,
Die mir das Herz in süße Fesseln schlug
Beim ersten Blick auf Euch, war stark genug,
Mich herzuziehn. Zum Jubel ein Signal
Drum ward mir der Befehl, in diesem Saal
Erst nachzuseh'n, ob alles zum Empfange
Geordnet sei, gemäß dem Wunsch und Range
Des hocherlauchten Grafen, meines Herrn.

Bordôu.

(Schneidet, rasch dazwischen tretend, den Seneschal von
Ines ab und zieht den widerstrebenden mit sich in den
Hintergrund.)

So prüft, Herr Seneschal. Wir ändern gern,
Wenn's statthaft ist nach unserm Hofgebrauch.

Ines.

Bringt Ihr das Feuer zu dem Phrasenrauch?

Perez.

Ich Feuer? Nein. — Mich nahm als Mann von Schnee
Mit her mein Prinz in's Reich der bösen Fee,
Um, wenn ein Hauch von zärtlichen Gefühlen
Sein Herz beschleicht, an mir sich abzukühlen.

Ines.

Wer sich berühmt als Schneemann, und vor Frauen,
Der meint: sei du so gut, mich aufzuthauen.

Perez.

Versucht es nicht an mir; denn Ihr verlört
Die Zeit nur, falls Ihr nicht gar selbst erfrört.

Ines.

Mich warnen vor Gefahr, die nicht vorhanden,
Ist euer Auftrag schwerlich.

Perez.

Einverstanden!
Sagt eurer Herrin, was mein Prinz erwartet.
Dies Bündniß, das die Staatskunst abgekartet,
Sei gleichermaßen ihrem Wunsch entgegen,
Vermuthet er, als ihm auch ungelegen.

Ines.

Sehr möglich ist's. Gesetzt, er hätte recht: —
Was schlägt er vor?

Perez.

Ein kurzes Scheingefecht
Mit scharfen Worten, das zum Bruche führt.

Ines.

Er wünscht den Korb?

Perez.

Doch wie es sich gebührt,
So achtungsvoll als höflich beiderseits
Empfangen und gegeben.

Ines.

Eines Streits
Bedarf es nicht dazu. — Die Gräfin liebt
Das Spiel mit Räthseln. (Seneschal wird aufmerksam.)
Jedem Freier gibt
Sie eines auf. Wenn das der Graf mißräth
Aus Unwitz oder Trotz, ist er verschmäht.

Seneschal (b. S.).

Da haben wir's! Wir waren drauf gefaßt.
Vom Räthsel spricht sie. Also aufgepaßt!

Perez.

Natürlich wißt Ihr nicht, an welcher Nuß
Mein hoher Herr sich heut' versuchen muß.

Ines.

O doch!

Perez.

Und dürft sie zeigen?

Ines.

Ob ich's darf!

Gewiß! Sie ist so hart, daß kaum so scharf
Der Witz des Grafen beißt, sie durchzunagen,
Und hätt' er auch 'ne Frist von dreien Tagen.

(Langsam.)

Wovon—so lautet's—ist die Hälft' der ganze?

Seneschal (b. S.).

Behalten wir's: die Hälfte ist der ganze.

Perez.

Die Hälfte soll das Ganze sein?

Ines.

Der ganze.

Perez (den Finger an die Stirn legend).

Das klingt ja toll. Mir fehlt es hier an Truppen
Zum Siegessturm auf diese Räthselschanze.
Ich bitt' Euch, löf't vom Auge mir die Schuppen.

Ines.

Die Lösung weiß ich selbst nicht.

Perez.

Wirklich nicht?

Ines.

Ihr macht ein spöttisch zweifelndes Gesicht.
Denkt, was Ihr wollt.

Perez.

Ich bin so frei (b. S.) und meine,
Die Gräfin ist sehr korberpicht — zum Scheine.

Ines (b. S.).

Der Graf auch will! Sonst hätt' er nicht die Eile
Mit der Versicherung vom Gegentheile.

(Beide sprechen leise weiter.)

Jordôn (zum Seneschal).

Ihr seid zufrieden?

Seneschal.

(Hat eben kopfschüttelnd die Stufenhöhe der beiden
Estraden mit dem Zollstock gemessen.)

Etwas anspruchsvoll
Befinden wir's, daß höher um drei Zoll
Der Graf von Languedoc hier sitzen soll,
Als Graf Alphons. Doch sei nun, in Betracht,
Daß Graf René in voller Fürstenmacht
Seit langen Jahren schon das Zepter führt
Und unser Erbgraf selbst noch nicht regiert,
Der Punkt von uns in Güte concedirt,

Vorausgesetzt, die Hoheit hier geruht,
Zum Gruß zu liften dero Fürstenhut,
Auch selber sich vom Throne zu erheben,
Um Antwort unserm Gnädigsten zu geben.

Bordôn.

Der selber stehend hört.

Seneschal.

> Das ist gebührlich.

Bordôn.

Und gleichfalls mit entblößtem Haupt.

Seneschal.

> Natürlich.

Ines (zu Perez).

Was steht Ihr mit dem Finger an der Nase?

Perez.

Ich plage mich mit eurer Räthselphrase.
Schon mehrmals glaubt' ich mich auf rechter Fährte
Und lief ihr nach — doch stets war's die verkehrte.
Ich drehe mich wie'n Mühlengaul im K r e i s e.

Ines.

Nehmt halb den K r e i s — und kommt in's rechte
> Gleise.

Perez (b. S.).

Ah! — Halbkreis — Kreis! Das stimmt.

(Pause.) Sacht, Perez, sacht!
Man hilft uns nach: — das weckt mir den Verdacht,
Die Gräfin spiele nur die mildgesinnte. —
Doch nein! — Es scheint mir wirklich keine Finte.

Ines (wendet sich abrupt an den Seneschal).

Seid Ihr ein Freund vom Tanz, Herr Seneschal?

Seneschal.

Vom Tanz? — Ich tanze nie. Mein Amt beim Ball
Ist Ordnung halten.

Ines.

Eine Sarabande
Mit Euch zu tanzen lechz' ich.

Seneschal.

Meinem Stande
Geziemt das nicht.

Ines.

Doch setzt einmal den Fall,
Ihr tanztet doch und risset Euch dabei
Auf rauhem Boden einen Schuh entzwei: —
Der andre Schuh, der unversehrt beim Tanz
Gebliebene — was wäre der?

Seneschal.

Nun — ganz.

Ines.

Glückauf, Herr Seneschal! — Nun denkt an's Paar.
(Rasch ab; Borbôn folgt ihr.)

Seneschal.

Wie? Was? Bei der da rappelt's offenbar!

Perez (b. S.).

Er merkt noch nichts nach solchem Zaunpfahlwink!
Es paßt zur Noth — und ist ein Irrwischblink.

Seneschal (b. S.).

Triumph! Mir geht ein Licht von hellem Glanze
Urplötzlich auf! „Die Hälfte ist der ganze." —
Ja wohl, so war's. Nun trifft ja alles zu:
Es ist vom Paar der unzerrißne Schuh!
Nun schnell zum Prinzen mit der Siegeskunde,
Sonst brüstet Der sich noch mit meinem Funde.
Erst ging mir's durch den Kopf wie Kraut und
Rüben;
Doch jetzt entsinn' ich mich, daß schon da drüben
Der schmucke Kobold Mich, nur mich geneckt.
Nun hat sie meinen, meinen Witz geweckt:
Sie will, der Prinz soll meinen Geistesgaben
Die Braut verdanken. — Sicher auch für sich
Verlangt sie Lohn dafür. — Und welchen? — Mich!
Das ist mir sonnenklar. — Sie soll mich haben! (Ab.)

Perez.

Vom eignen Scharfsinn ist der Thor entzückt,
Dem sie die Naf' in falsche Spur gedrückt! —
Euch tappten in so grob gestricktes Garn
Der Graf von Aire, der Herzog von Bearn;
Mich und den Prinzen sollt ihr nicht erwischen!
Dies glatte Aelchen Ines macht inzwischen
Mir Lust, hieselbst zugleich für mich zu fischen.

Vorhang fällt.

Dritter Aufzug.

Thronsaal.

––––

Einziger Auftritt.

Auf der Estrade links **René**, ihm zur Rechten **Bianca**, hinter ihr stehend **Ines**; links von René, stehend, seine Minister und Gefolge; zuhinterst **Borbôn**. Auf der Estrade rechts im Sessel **Alphons**, hinter ihm stehend **Perez**, rechts neben ihm stehend **Flordelys**, dann **Seneschal**.

Alphons.

(Wo die Ausnahme nicht vorgeschrieben ist, durchweg überlaut, in aufgetragen rauhem, theils stolz herrischem, theils kalt ironisirendem Ton. Erhebt sich und nimmt das Barett ab.)

Erlauchter Graf, Gebieter Languedocs,

Euch sendet Gruß durch mich, den einz'gen Sohn,

Der Graf von Katalonien, Don Fernando.

Seit ehrenvoll der Staaten langen Zwist

Beendet hat der abgeschloßne Friede,

Erschien es ihm und Euch erprobenswerth,

Ob aus der Achtung, die schon Feind und Feind
Einander zollten, Freundschaft blühen könne.
Deß ist nun mein Besuch die erste Probe.

René
(sich erhebend und ebenfalls das Barett abnehmend).

Erlauchter Erbgraf, seid uns hochwillkommen.

Alphons.

Auch Euch nun meinen achtungsvollen Gruß,
Gefeierte und viel umworbene
Prinzessin Donna Bianca.

Bianca (sich halb erhebend, kühl).

Seid willkommen. (Setzt sich.)

René.

Ihr wißt so gut als Wir, daß höhern Flug
Die Pläne unsrer Kanzler und Gesandten
Genommen haben; doch Ihr schweigt davon
Mit feinem Takt.

Bianca (b. S. zu René).

Das thät'st Du besser auch.

René (ebenso).

Laß mich, mein Kind, ich rede wohlerwogen.
(Laut.)

Ihr denkt mit Recht: den Gipfel zu erfliegen,
Ist ein Versuch, der manchen schon betrogen;
Die Schwellenstufe sei zuerst bestiegen.

Alphons (scharf).

Durchlaucht, ich ward als Fürstensohn erzogen.

Bianca (wie oben).

Da hast du's, Vater! Der ist kühl und scharf.

René.

Ihr hörtet wohl, was Ich, kraft heil'gen Schwures,
Nur sehnlich wünschen, nicht befehlen darf?

(Bianca schlägt kopfschüttelnd die Augen nieder.)

Alphons.

Wer hörte nicht davon? Auch Ich erfuhr es.
Es hat den Weg hieher mir leicht gemacht.

(Bianca schaut rasch auf und blickt gespannt auf Alphons.)

René.

Wie sagt Ihr? Leicht?

Alphons.

          Ich hätte sonst gedacht,
Ich sei zu mehr als Höflichkeit verpflichtet
Durch mein Erscheinen — und darauf verzichtet.

Bianca (b. S. z. Ines).

Mit kaltem Hochmuth fröstelt er mich an,
Doch scheint der rauhen Schaale Kern — ein Mann.

Ines (ebenso).

Nehmt Euch in Acht, mir scheint er ein Tyrann.

René.

Ihr wißt vermuthlich, daß mein theures Kind
Mit Proben immer den Verkehr beginnt?

Alphons (auflachend).

Verzeiht, Herr Graf, — ich sprach zwar nicht zu leise,
Doch, wie es scheint, in zu verhüllter Weise.
Das Recht des Probens laff' ich unbestritten, —
Das, zu beginnen — muß ich mir erbitten.
Wenn Ich's erprob' als rathsam, heimzufahren,
Kann ihre Probe sich die Gräfin sparen.

Bianca.

Herr Graf, es scheint, daß Ihr entschloffen seid
Zu etwas weniger als Höflichkeit.

Alphons (verbindlich in weichem Ton).

So scheint's. Doch sollte mich der Schein belügen,
Daß sich ein Geist verräth in euern Zügen,
Zu stark und klar, mit Schein sich zu betrügen?

Bianca.

Das klingt ja fast, als müßt' ich mich bedanken.
Ihr bringt mit Absicht meinen Geist in Schwanken.
Er sieht Euch zwiefach. Welches Wesen wahr
Und welches falsch ist, ward mir noch nicht klar.

Auch eure Stimme hör' ich doppeltonig;
Zum Wermuth mischtet Ihr ein Tröpfchen Honig
Und milden Laut zu grollendem Gewitter.

Perez (leise zu Alphons).

Ihr Ohr ist fein. Ich rath' Euch, bleibet bitter.

Bianca.

Von eurer Prüfung ist's wol der Beginn?

Alphons (erste Tonart).

Getroffen, Gräfin! Bin schon mitten drin.

Bianca.

Das geht ja rasch! Wenn Ihr mit einem Schritte
Gelangt schon seid zu des Examens Mitte,
Dann ist's von da zum Schluß auch einer nur.
So thut auch den und sagt mir — die Censur.

Alphons.

Wie härchenspaltend scharf Ihr Worte meßt
Und doch dabei das Wichtigste vergeßt.
(Bedeutsam und fein.)
Weit minder Euch, als mich an Euch zu prüfen,
Gefeierte Prinzessin, kam ich her, —
Und recht der Selbsterkenntniß Hiroglyphen
Zu lesen lernen, wißt Ihr wohl, ist schwer.

Bianca.

Das lautet plötzlich wunderſam beſcheiden.

Alphons.

Ihr findet's leicht? Da ſeid Ihr zu beneiden.

Bianca.

Geſetzt, daß ich mich ſelbſt zu kennen meine; —
Jetzt wüßt' ich lieber, wie ich Euch erſcheine.

Alphons.

Sehr ſchön, ſehr klug.

Bianca.

Das Alltagslob iſt billig.

Alphons.

Befehlt Ihr mehr? — Sehr ſtolz und eigenwillig.

Bianca.

Auch das iſt nur das Urtheil aller Welt.

Alphons.

Nur daß ſie tadelt, was mir wohlgefällt.

Bianca.

Da hätt' ich traun ein unerhörtes Glück;
Denn ſonſt liebt jeder nur ſein Gegenſtück.

Alphons.

Sehr wahr bemerkt; nur will es hier nicht paſſen.
Nicht Lieben ſchon iſt Sichgefallenlaſſen.

Bianca.

Im Gegentheil!

Alphons.

Doch kann es nach und nach
Zur Liebe führen.

Bianca.

Wenn es nicht zu flach. —
So wißt Ihr mir nichts Tieferes zu sagen?

Alphons.

Darf ich es hier vor euerm Hofe wagen?

Bianca.

Nur keck heraus damit! Was dies Examen
Euch schon bewiesen —, nennt's beim rechten Namen.

Alphons.

Das hat noch Zeit. — Ihr, scheint mir, tragt
Verlangen,
Nun euerseits die Prüfung anzufangen.
So thut es, schöne, schlaue Räthsel-Sphinx.

Bianca.

Bei solchem Scharfsinn finb' ich kaum noch nöthig
Den Vorversuch im Sinne eures Winks;
Doch zeigt der Wink Euch selbst so sehr erbötig,
Daß ich vermuth', Ihr seid auf die Charade
Wohl präparirt. So wär' es jammerschade,

Wollt' ich der Mühe Lohn Euch vorenthalten
Und nicht behülflich sein, in vollstem Glanze
Hier euern Witz und Hellblick zu entfalten.

(Erhebt sich; nach kleiner Pause:)

Wovon denn ist die Hälfte schon der
ganze?

Alphons.

(Nach kurzem Sinnen sich erhebend.)

Berühmt ist, Gräfin, eure Räthselkunst;
Man nennt Euch Meisterin. Doch — mit Vergunst —
Ich kann nach dieser Mir bestimmten Probe
Nicht einverstanden sein mit solchem Lobe.
Um schön zu sein, muß aus des Räthsels Schaalen
Ein mystisch Licht in Schillerfarben strahlen,
Das ahnen läßt, ein Bild sei da versteckt,
Und überrascht, entzückt, wenn man's entdeckt.
Doch bleibt es gut noch, wenn es unbedingt
Nur eine Lösung hat und sie erzwingt.
Ein Rechenbeispiel ohne Farbengluth
Ist eures, und nichts weniger, als gut.
Ein halbes Dutzend Lösungen bereit
Hab' ich schon jetzt, und, hätt' ich Grübelzeit,
Wol bald ein ganzes, alle gleich gerecht
Dem Sinne nach, als schwach deshalb und schlecht,

Wie Halbvers, Halbgott, Halbmond, und
so weiter.
Ja, wirklich besser, weil doch neckisch heiter,
Ist noch: vom Paar der unzerrißne Schuh; —
Und diese Lösung stecktet Ihr uns zu
Als falschen Köder! — Doch statt angebissen
Hab' Ich die grobe Angelschnur zerrissen.
Prinzessin, sagt, aus welcher Ammenmär
Stammt eure Meinung von den Männern her?
Was ließ Euch wähnen, hier zu thun zu haben
Mit einem Knaben? (Lange Fermate.)

Ines.

(Da Bianca eine Bewegung macht, zornig aufzuspringen,
leise.)
Um Himmelswillen, Gräfin, bleibt gelassen!

Bianca (ebenso).

Laß mich . . .

Ines.

Kein Wort! Es wäre Quittung nur,
Daß Euch sein Pfeil in's Mark des Lebens fuhr.

Bianca.

Der stolze Grobian! Ich muß ihn hassen . . .
Und doch . . .

Ines.

's ift wahr, fein Ausfall war brutal.

Bianca.

Und doch nicht unrecht hat er! Welche Qual!

(René fpricht leife mit Bianca.)

Perez (zu Alphons).

Seht, Herr, die Bläffe, die verftörten Blicke!
Ihr trafet ihre Eitelkeit in's Quicke.

Alphons.

Es kommt noch beffer. Aber fei jetzt ftill;
Es fcheint, daß ihr der Vater helfen will.

René (leife zu Bianca).

Du willft noch immer nicht die Waffen ftrecken?
So laß für jetzt mich deinen Rückzug decken.

(Erhebt fich, laut.)

Mein hoher Gaft, mir deucht, dies Wortturnier
Bleibt paffender ein Weilchen aufgefchoben.
Bequemer, als im vollen Thronfaal hier,
Könnt anderwärts Ihr Witz an Witz erproben.
Zu Tifche jetzt, und auf dem Weg dahin
Ein Wort mit Euch, Herr Kanzler Florbelys.
Bianca, gib dem Grafen deinen Arm.
Voran, Vorbôn. Beftell' auch, daß zur Nacht
Erleuchtet fei der Garten, abgefperrt

Und nur für Uns und unsre werthen Gäste
Bereit zu zwanglos heiterm Abendfeste.

(Leise sprechend mit Florbelys, der an seine linke Seite
getreten ist, ab durch die Mitte, nach ihm paarweise
Minister und Gefolge, zuhinterst der Seneschal. Ines
bleibt bis zum Schluß, hinter der Thronestrabe stehend und
lauschend sichtbar: ebenso Perez hinter dem Sitz für Alphons.)

Alphons (Bianca den Arm bietend).

Ertragt's denn, Gräfin, daß ein M a n n zu f ü h r e n
Euch heut' bekommt.

Bianca.
Wie spitz Ihr das betont!
Ihr meint . . .

Alphons.
Zu f o l g e n seid I h r nicht gewohnt.

Bianca.
Zu führen?

Alphons.
Mehr noch!

Bianca.
Nemlich?

Alphons.
A n z u f ü h r e n.

Bianca.

Ihr aber scheint gewohnt, Euch — aufzuführen,
Daß Ihr mich reizt...

Alphons.

Wozu?

Bianca.

Euch abzuführen.

Alphons.

Zur Tafel, meint Ihr?

Bianca.

Ja, — zunächst.

Alphons.

Und dann?

Bianca.

Dahin vielleicht, wohin von mir voran
Euch mancher Freier schon gegangen ist.

Alphons.

Ihr meint?

Bianca.

Bekorbt — in die Vergessenheit.

Alphons.

Gesetzt, ich hätte die Vermessenheit,
Zu sagen, daß dies mein Verlangen ist...?

Bianca.

Dann freilich stünde mir die Frage frei,
Was denn der Zweck der großen Plage sei?

Alphons.

An unsere Minister richtet die.
Den Herzen Zwang zu thun verzichtet nie
Die Politik.   Zum Friedensschluß dies Nachspiel
Befahl sie—Wir—sind Puppen nur im Schachspiel.

Bianca.

Ihr wißt die Worte scharf und glatt zu setzen.

Alphons.

Sie fragt nicht, ob, zwei Könige matt zu setzen
Auf Herzenskosten, die Figur auch Lust hat.

Bianca.

Wenn Graf Alphons ein Herz auch in der Brust hat,
Dann werden wir uns schon verständigen.
Wißt, daß Ich nie für solch 'ne Puppe galt.
Doch laßt uns dies Gespräch beendigen
Und kommt zu Tisch.   (Nimmt seinen Arm.)

Alphons (recht prosaisch derb).

Sonst wird die Suppe kalt.

Bianca.

(Läßt seinen Arm wieder los und beide machen nochmals
Front.)

Ist auch in diesem — Speisezettelwitze
Versteckt ein Stich mit scharfgeschliffner Spitze?

Alphons.

Ihr sucht ihn? Nehmet an, ich wolle sagen:
Was Politik brühwarm uns aufgetragen —
Behutsam kostend müßt' ich erst erkennen,
Ob wir uns dran die Lippe nicht verbrennen.

Bianca.

Ich muß gestehn, mir brennt vom bittern Bissen,
Den Ihr mir eingabt, wirklich noch der Mund.

Alphons.

(Indem er sich ihres Armes bemächtigt und die Wider-
strebende mit sich fortzieht, resolut.)

Arznei! — Nehmt mehr ein! — Habt Ihr ein
Gewissen,
So sagt's Euch: bitter schmeckt's, doch ist's —
gesund.

Vorhang fällt.

––––––––

Vierter Aufzug.

Garten (aber andere Partie als im fünften Aufzug).
An der Vordercoulisse rechts münbet ein Laubengang; vor
diesem eine Bank. An der Vordercoulisse links ein vor=
springendes Bosquet; davor ebenfalls eine Bank.

Erster Auftritt.

Perez, Ines, zusammen aus dem Hintergrund vortretend.

Ines (mit dem Finger drohend).

Ihr sprecht zu warm für einen, der sich rühmt
Ein Mann von Schnee zu sein.

Perez.

Soll kühl verblümt
Ich reden? Gut. So hört ein Räthsel an
Und löst es auf, das ich für Euch ersann.

Ines.

Ihr schaut mich an mit schlauer Schelmenmiene.
Für mich ein Räthsel, schmelzende Lawine,
Erfandet Ihr?

Perez.

Was bin ich Euch zu sehr?
Was bin ich minder, wenn ich es noch mehr
Geworden bin? Doch tritt Erfüllung ein,
So hör' ich auf, es überhaupt zu sein.

Ines.

Ihr sagt, ein Mann, der's mehr wird, werd' es minder?

Perez.

Noch Eines merkt, so löst Ihr es geschwinder.
Es gibt 'ne Procedur, die Räthselnuß
Gar leicht zu knacken: Gebt mir einen Kuß,
So habt Ihr selber mich dazu erkoren.

Ines.

Ist der Verstand dem Schneemann eingefroren?

Perez.

So laßt den eifersüchtigen Bordôn
Euch helfen auf die Spur. Er — ist es schon.

Ines
(mit der Gebärde des Errathenhabens).

Ich lös' es auch allein. Was gilt die Wette?

Perez.

Wenn Ihr das könnt, dann schmied' ich Euch 'ne Kette.

Ines.

Von Gold?

Perez.

Ja wohl; doch nur von zweien Ringen.

Ines.

Und lang genug, den Hals mir zu umschlingen?

Perez.

Nicht just den Hals, doch lang genug für Zwei.

Ines.

Ich hab' es schon. — Ihr seid mir viel zu frei;
Doch frei e r nicht, vielmehr weit minder frei
Schon v o r, und vollends n a ch der Hochzeitsfeier,
Mit der's zu sein er aufhört, wird der F r e i er.

Perez.

Ihr kommt mir schnell mit flüggem Witz entgegen
Und habt gewonnen. Nehmt — der Wette wegen —
Dies Ringlein an und wißt, ich hätte gegen
Den meinen euern gern.

Ines (ablehnend).

Der Schneemann thaut
Weit schneller auf, als ihm mein Herz vertraut.
Heut will ich mich noch frei zu Bette legen;
Doch wird die Gräfin eures Grafen Braut,
Dann will ich — einzig unsrer Wette wegen —
Als Freier Euch an meine Kette legen.

(Rasch ab.)

Perez.

Da huscht das allerliebste Herchen fort!
Glückauf, glückauf! Ich nehme sie beim Wort.

(Ab, vorn rechts.)

Zweiter Auftritt.

Alphons, Flordelys, zusammen von hinten rechts.

Alphons.

Erkennt Ihr jetzt, hochweiser Diplomat,
Wie klug es war, daß ich dem krummen Pfad
Den Vorzug gab und mich zu dieser Freite,
Odyssens gleich, mit einem Zauber seite,
Der bald verwandeln wird in Liebesgluth
Der spröden Circe stolzen Uebermuth?

Flordelys.

Ich beuge mich als nahezu bekehrt.
Das Räthselpröbchen habt Ihr abgewehrt
Mit vielem Glanz. Es war ein Fechterstreich,
So keck als schlau, nur etwas grob zugleich,
Daß nun ihr eigner umgedrehter Spieß
Vom Sattel in den Sand die Gräfin stieß.

6*

Auch habt Ihr dann bei Tafel meisterhaft
Des eignen Wesens Gegentheil gespielt.
Ich fühlte Mitleid, als Ihr Schaft um Schaft
Der schönen Gegnerin in's Herz gezielt.

Alphons.

Aus euerm Köcher nahm ich jeden Pfeil;
Denn war nicht das gespielte Gegentheil
Auf's Haar der Fürst, den Ihr mir tausendmal
Schon vorgehalten habt als Ideal?

Flordelys.

Zum Zerrbild übertrieben — bis auf's Haar.
Was aber nun?

Alphons.

Ist Euch das noch nicht klar?
Habt Ihr in dem, was Bianca tief empört
Entgegnete, nicht meinen Sinn gehört?
Nicht, während ich so grausam Dorn um Dorn
In ihre Seele stach, bereits gewußt,
Wie mich entzückt ihr edler schöner Zorn?
Den Jubel nicht geahnt in meiner Brust? — —
Die zweite Maske gilt's nun anzulegen,
Um darzuthun, daß einzig meinetwegen
Mein Weib sie wird, indem ich, statt als Erbe
Des Throns, als Troubadour um Bianca werbe.

Flordelys.

So weist mich an, Durchlaucht, zu meinem Parte
Im zweiten Act.

Alphons.

Seht flugs die Eintrittskarte
Für Contamour zum Nachtfest zu erlangen.

Flordelys.

Nicht nöthig! Euch, so scheint es, will man fangen
Durch Contamour — Wie? — weiß ich selbst noch nicht;
Denn Ines nahm den Mann in Dienst und Pflicht.
Man wünscht, daß er bei Hof heut Abend singe.
So tappen sie von selbst Euch in die Schlinge.
Seht, eben führt Bordôn durch jenes Pförtchen
Den Sänger ein.

Alphons.

So kommt. Ich muß ein Wörtchen
Ihm heimlich sagen, während Ihr geschickt
Bordôn abseits in ein Gespräch verstrickt.
Dann sucht mich dort im Schatten der Platane
Und hört auch euern Part in meinem Plane.

(Beide ab.)

Dritter Auftritt.

Bianca, Ines, aus dem Laubengange rechts.

Ines.

Vergeblich schlägt heut seine Purzelbäume
Mein armer Witz! In schwermuthsvolle Träume
Versunken bleibt Ihr, und kein Lächeln spielt
Um eure Lippen. Sagt mir nur, was hielt
Euch heute, gleich nach Tisch, wie angepicht
Am Schreibtisch fest? Was schriebt Ihr?

Bianca.

Ein Gedicht.

Ines.

Heut lähmt Ihr Euch mit Feder und Papier
Die Federkraft des Geistes zum Turnier?
Heut gilt es doch, beim zweiten Lanzenbrechen
Den kecken Gegner in den Sand zu stechen.

Bianca.

Du meinst es gut, doch heute laß' dein Scherzen,
Es thut mir weh; denn wund bin ich im Herzen.
Ich hielt auch mich befähigt, einst zu lieben —
Nun ist der Wahn mir gründlich ausgetrieben.

Beſäß' ein Mann, was ich bisher vermißt —
So dacht' ich mir — dem folgt' ich treu und ſelig.
Nun kommt ein Mann, der reich an Gaben iſt
Nach meinem Wunſch — und er iſt unausſtehlich.
Alphons iſt ſelbſtbewußt, iſt klug und ſtark;
Doch neben ihm durchſchüttelt Froſt mein Mark.
Nicht häßlich iſt ſein ernſt und ſtreng Geſicht,
Doch zuckt mein Herz, wann mich ſein Auge ſticht.
Noch ähnlich find' ich ihn dem Knabenbilde,
Doch völlig fort iſt deſſen Augenmilde,
Als ob ein Zug von anerzogner Härte
Das ſchöne Jugendangeſicht verzerrte.
Er führt die Rede wie geſchliffnen Stahl,
Und jedes Wort ſchlägt mir ein blutig Mal;
Denn gegen ihn hilft kein Vertheidigen,
Er ſchmeichelt nur, um zu beleidigen.
Für mich unnahbar hoch, ein grimmer Gott,
Zermalmt er mich mit kaltem Teufelsſpott.

Ines.

Was wollt Ihr thun?

Bianca.

     Er läßt mir keine Wahl.
Was er durch dich und Perez mir empfahl,
Es iſt ſein Ernſt.

Ines.

O schließt nicht übereilt.

Bianca.

Die Heirath, die nur Staatskunst abgekartet,
Ist ihm verhaßt. Den Korb, den er erwartet
Und nun erzwingt — ich geb' ihn unverweilt.
Auch dazu würd' er sonst die Kraft mir lähmen,
Und statt zu geben, müßt' ich ihn gar nehmen.
Nein, Bianca läßt sich so nicht unterjochen;
Drum sei nun rasch das letzte Wort gesprochen.

Ines.

Gedenkt Ihr's durch den Sänger einzuleiten?

Bianca.

Getroffen. Hast du den hieher bestellt?

Ines.

Ihr seht ihn dort schon auf und nieder schreiten.

Bianca.

Geh', ruf ihn her und halt' uns frei das Feld.

(Ines ab.)

Mein heimlich Hoffen ist, der weiß vielleicht
Von einem Sänger, der dem Grafen gleicht
Und hohen Ruhm in der Provence gewann,
Wie's steht im Briefe. — Klopfen wir 'mal an.

Dritter Auftritt

Bianca. Contamour.

Contamour.

Ihr habt befohlen, hocherlauchte Gräfin . . .

Bianca.

Wo seid Ihr her?

Contamour.

Aus der Provence.

Bianca.

Und heißt?

Contamour.

Vom Vater Vidal, aber Contamour
Werd' ich genannt.

Bianca.

Ihr seid ein Troubadour?

Contamour.

Noch bin ich's nicht, doch hoff' ich es zu werden.
Noch bin ich nur Jongleur; das heißt, ich trage
Nicht selbsterfundne, sondern Lieder vor,
Die andre Dichter, Troubadours, erfanden.

Bianca.

Das trifft sich gut. Habt Ihr ein stark Gedächtniß?

Contamour.

Ein Ueberlesen prägt das längste Lied
Mir sicher ein.

Bianca (ihm ein Papier gebend).

So lernt sogleich mir dies
Und haltet Euch bereit, es vorzutragen.

Contamour (überlesend).

Wie schön! das spricht sich gut und haftet schnell.
Ich geh' an's Werk. (Will abgehen.)

Bianca.

Noch einen Augenblick.
Nicht wahr, Euch sind in euerm Heimathlande
Die Troubadours bekannt?

Contamour.

Wol alle, denk' ich.

Bianca.

So bitt' ich, nennt mir die berühmtesten.

Contamour.

Altmeister ist Bernard von Ventadour,
Doch überstrahlt zur Zeit auch seinen Ruhm
Das junge Glanzgestirn Bertran de Born.

Bianca.

Wo stammt er her?

Contamour.

Ob er das selbst nicht weiß,
Ob nur verschweigt, das kann ich Euch nicht sagen.
Aus fürstlichem Geschlecht, vermuthet man,
Das heimlich ihn erziehn ließ und versorgte;
Denn schwerlich nur dem Lohne seiner Kunst
Verdankt er Wohlstand und ein eignes Schloß.

Bianca (b. S.).

Zum Briefe stimmt's. Er ist der Zwillingsbruder!
(Laut.)
Ist er vermählt?

Contamour.

Noch nicht, und bleibt auch wohl
Ein Hagestolz.

Bianca.

Warum?

Contamour.

Manch' Edelfräulein
Aus reichem Hause zeigte sich ihm hold;
Doch gegen Frauenreiz ist wie gefeit
Sein stolzes Herz.

Bianca.

Woburch?

Contamour.

Durch ein Gespenst.

Bianca.

Wie? Solch ein Geist — und hegt Gespensterfurcht?

Contamour.

Nicht fürchten, hoffen läßt ihn das Gespenst,
Das ihm entzückend schön im Traum erschien.
Das ihm vom Himmel zugedachte Weib
Gesehn zu haben glaubt de Born und schwört,
Sie wandle wirklich lebend auf der Erde.

Bianca (b. S.).

O Gott, mein Traum, mein heut verlorner Glaube!

Contamour.

Was ist Euch, Gräfin? Wäre mir ein Wort
Entschlüpft, das Euch verletzt?

Bianca.

Nein, fahret fort.

Contamour.

So zieht er singend nun von Land zu Land,
Die Braut zu suchen, welche das Geschick
Für ihn bestimmt; denn auf den ersten Blick
Sie zu erkennen, ja, zugleich erkannt
Von ihr zu werden schwört er und vertraut,
Daß Ihn auch Sie in solchem Traum geschaut.

Bianca.

Ein schöner Traum, ein seelig machender Glaube,
Der Himmelsluft verheißt im Erdenstaube! —
Ich dank' Euch sehr. — Ihr könnt Euch nun entfernen,
Doch nicht zu weit. Dort, jenes Pavillons
Bedienet Euch, um ungestört zu lernen.

Contamour (v. S.).

Zufrieden sein mit mir wird Graf Alphons. (Ab.)

Bianca (freudig erregt).

Mein Glaube war kein stolzer Uebermuth,
Mein Traum kein Trug! Er lebt in Fleisch
und Blut! —
Der Mann, zu dem sich meine Phantasie
Die Züge von dem Knabenbilde lieh, —
In Graf Alphons, dem für den Thronberuf
Man aberzog, was Gott ihm anerschuf,
Erscheint er grell verzerrt. Sein Doppelgänger
Und Zwillingsbruder, der berühmte Sänger,
Hat sicherlich die angeborne Art
In anderm Loose unentstellt bewahrt.

So löst sich denn das harte Räthsel hold,
Daß ich Alphons mit bitterm Haß gegrollt

Und doch zugleich zu diesem stolzen, kalten
Verhöhner mich von magischen Gewalten
Dahingerissen ohne Widerstand
Und willenlos zu meiner Qual empfand.
Womit Alphons mich reizt zu Haß und Zorn,
Das ist Er selbst. Womit er mich besticht,
Ist Aehnlichkeit mit meinem Traumgesicht,
Und ganz dem gleichen muß Bertran de Born.
  Bertran de Born — der bloße Name schon
Gewinnt mein Herz mit süßem Zauberton.
Mein Blut war eben noch in wildem Sieben —
Bertran de Born — von Dir ein Geisteshauch
Durchweht die Seele mir und gibt ihr Frieden.
Wie Du, so träumt' und glaubt' ich weiland auch,
Erwachte heut, und brach verzweifelnd nieder.
Bertran de Born, ich träum's und glaub' es wieder.
Bertran de Born — o trügen rasche Winde
Auch Dir es zu, was ich beglückt empfinde.
Du flögest her und wüßtest ungesäumt,
Was ich nun weiß: daß du von mir geträumt. —
  Da kommt Alphons. Er soll ob meiner Milde
Nach einem Streit, der mir das Herz zerrissen,
Erstaunt sein. — Aber welchem Ebenbilde
Er das verdanke, — laß' ich das ihn wissen?

(Nach einigem Sinnen.)

So wend' ich es! — Bertran de Born belaste
Ich mit den Versen, die ich selbst verfaßte.
Es ist ja wahr zur Hälfte; denn ich leimte
Nur um für mich, was er ersann und reimte.

Vierter Auftritt.

Bianca, Alphons aus dem Hintergrunde rechts.

Alphons.

Ist euer Köcher wieder voll von Pfeilen?

Bianca.

Statt Wunden schlagen, will ich meine heilen.

Alphons.

Verletzt' ich Euch?

Bianca.

Die Schuld war meine nur.

Alphons.

Wie meint Ihr das?

Bianca.

Ich habe Unnatur
Von Euch verlangt: aus eines Adlers Kehle
Den holden Flötenlaut der Philomele

Und Minnesang, wie den der Morgenwächter,
Vom Sprossen vieler fürstlichen Geschlechter.

Alphons.

Seid Ihr denn das nicht auch?

Bianca.

Ja, von Geburt;
Doch man vergaß, bei Zeiten zu ersticken
Mein Weiberherz, das Glück verlangt und murrt,
So oft es heißt: „Nicht für die Fürstin schicken
„Sich solche Wünsche. Nur durch lange Zucht
„Gedieh des Menschheitbaumes feinste Frucht,
„Der Fürstenadel. Nur die harte Strenge,
„Mit welcher er sich selbst die Lust der Menge
„Durchaus versagte, hat zu höhern Wesen
„Allmälig seine Sprossen auserlesen.
„Als Mann und Weib gemeines Glück begehren,
„Das heißt für sie zurück zur Menge kehren."

Alphons (b. S.).

Die Weisheit wörtlich, die beim Tafelstreite
Ich selbst dem Florbelys nachpapageite!

Bianca.

Ihr hört's, ich weiß gelehrig aufzusagen,
Herr Graf, womit Ihr mich bei Tisch geschlagen,

Und geb' Euch recht. Allein es kommt zu spät.
Ein Vaterschwur hat mir in's Herz gesät
Den Keim des Wahns, gemeines Glückverlangen
Sei mir erlaubt, und wuchernd aufgegangen
Ist dieser Keim. So sag' ich wohlerwogen:
Die Fürstin ward in mir zur Frau verzogen.

Alphons.

Ihr sagt ein bitterscharfes Wort gar mild.
Wo zielt es hin?

Bianca.

Herr Graf, Ihr habt mir wild
Das Herz gemacht. So ging auch ich zu weit
Mit manchem Wort. Drum bitt' ich nun, verzeiht.
Mein Wesen hab' ich Euch erklärt. Wir passen
Nicht für einander. Müssen wir uns hassen?
Ich denke, Nein. Als Freunde laßt uns scheiden
Und mich mit einem Freundschaftsdienst beginnen.

Alphons.

Mit welchem denn?

Bianca.

Die Staatskunst, die uns beiden
Umsonst versucht, das Eheband zu spinnen,
Hat beider Länder Bestes klug gewollt.
Ihr gebt's wol zu, — und euer Vater grollt

7

Euch drum nicht minder wol als mir der meine,
Denn beiden sind wir ja nur — Schachbrettsteine.
Wohlan, auf mich allein die Schuld zu schieben,
Erlaub' ich Euch. Den bündigen Beweis,
Daß dem so sei, bekommt Ihr schwarz auf weiß.

Alphons.

So habt Ihr Körb' in Vorrath aufgeschrieben?

Bianca.

Nur den für Euch, und zwar in Poesie.

Alphons.

Für mich in Versen? Das ist Ironie!

Bianca.

Bringt mir ein Opfer. Drei Minuten lang
Erduldet, eh' wir scheiden, Ohrenzwang
Und hört ein Lied, das mich gar wundersam
Ergriffen hat, als ich es heut' vernahm.
Es wurde, wie mir Contamour berichtet,
Vom Troubadour Bertran de Born gedichtet.

Alphons.

So sprecht.

Bianca.

     Nicht selbst; ich hört' es einmal nur
Und kann's noch nicht. (Hinausrufend.) Herr Vidal
          Contamour!

Fünfter Auftritt.

Vorige. Contamour.

Bianca.

Ich bitt' Euch, wiederholt uns die Romanze
Von Donna Laura's Traum und Liebesgram.

Contamour.

Aus tiefstem Schlaf um Mitternacht
War Donna Laura jäh erwacht.
Da dämmert ihr auf schwarzem Grund
Zuhäupten auf ein lichtes Rund,
Und wie der Mond im Wolkenriß
Erscheint, umrahmt von Finsterniß,
Ein Mann mit edelm Angesicht.
Er winkt ihr mit der Hand und spricht
Mit herzgewinnendem Flüsterton:
„Ich kenne dich seit lange schon;
Denn ebenso wie heute hier
Ich dir erschein', erschienst du mir.
So sehn wir uns im wachen Traum,
Doch trennt uns weiter Erdenraum.
Ich wandre nun von Land zu Land
Und suche, bis ich dich erkannt.

7*

O glaub' es meinem Seelenruf,
Daß Er, der unsre Herzen schuf,
Sie vorbestimmt zum Glückverein;
Drum bleibe frei und harre mein."
    Im Glauben an's geträumte Glück
Wies Laura jeden Mann zurück,
Bis Einer kam, der Zug für Zug
Dem Traumbild glich. Wie freudig schlug
Da Laura's Herz! — Von ihm sofort
Zu hören das Erkennungswort,
Erwartet sie. — In rauhem Ton
Begießt er sie mit kaltem Hohn,
Und ihr geträumter Herzensgott
Hat nichts für sie als Teufelsspott.
    Ihr droht, sie weiß es zweifellos,
Mit ihm vermählt, ein Sclavenlos;
Doch taub dafür und immer tauber
Macht sie ein Wunsch, wie Schlangenzauber,
Der eines Vogels Angstgeflatter
Entgegentreibt dem Schlund der Natter.
Es trübt ihr stolzes Selbstbewußtsein
Der Wahn, es müsse wilde Lust sein,
An die dämonische Gewalt
In ihres Traumes Huldgestalt

Ihr Dasein dennoch zu verdammen,
Um aufzugehn in Höllenflammen.
    Verfiel sie wirklich dem Geschick?
O nein! Es klärte sich ihr Blick
Noch einmal auf. Zum zweiten Mal
Erschien vor ihr der Traumgemahl
Und sprach: Laß dir an mich den Glauben
Nicht durch den Doppelgänger rauben,
Der meine F o r m sich beigelegt,
Doch nichts vom Geist, der sie geprägt.
Ich komme selbst noch. Harre treu
Und sage Jenem ohne Scheu:
Gehören kann ich nun und nie
Dem Manne, dem die Poesie
Nur Thorheit dünkt und blauer Dunst.
Ich glaube, daß aus hoher Kunst,
Geübt von einem Urgeheimen,
Wir selbst und alle Wesen keimen.
Was wir als Wirklichkeit gewahren,
Ist nur ein Spiel des Unsichtbaren,
Ein kindersprachlich Selbstbeschränken,
Durch das sein Wollen und sein Denken
In unsern tüglich blöden Sinnen
Zum Scheine derber Welt gerinnen.

Der Menschenwürde hat entsagt,
Wer Das mir zu verhöhnen wagt,
Und nännt' er Königreiche sein,
Er ist für mich zu arm und klein.

Bianca.

Ich dank' Euch. — Gebt mir meine Abschrift
wieder. —
Heut' Abend lasset uns noch andre Lieder
Desselben Meisters hören.

Contamour.

Zu Befehl. (Ab.)

Bianca.

Nun euer Urtheil, Graf.

Alphons.

Ach, ohne Hehl
Bekennen muß' ich's, eitel Narrethei
Und Selbstbetrug dünkt mir die Träumerei.
Für meinen Vater gebt mir nun die Strophen
Des schwärmerischen Dichterphilosophen,
Von eurer Hand geschrieben, auf den Weg
Nach Hause mit als euern Korbbeleg.

Bianca (ihm das Papier überreichend).

Von meinem Unwerth sind sie das Bekenntniß.

Alphons (es im Busen verbergend, b. S.).

Mir werth als ihrer Liebe Eingeständniß.

Sechster Auftritt.

Vorige. **Ines,** von links, bleibt im Hintergrunde. **Perez,** von rechts, als Courier in Reitstiefeln, röthlichem falschem Bart und desgleichen Perücke. Später **Contamour.**

Perez (überreicht Alphons einen Brief).

Von Barcellona bring' ich, gnäd'ger Herr,

Euch diesen Brief.

Alphons (nachdem er gelesen, zu Bianca).

   Bedenklich leidend fühlt

Mein Vater sich und ruft mich unverweilt

Zu sich zurück. Entschuldigt mich daher

Bei Graf René. Verzeiht und lebet wohl.

Bianca.

Lebt wohl. (Alphons ab.) — Gut, daß er geht —

    doch thut mir's weh.

  (Contamour eilig von rechts hinten.)

Was bringt Ihr, Contamour?

Contamour.

Erwünschte Kunde!

Mich hört Ihr heute Abend nicht.

Bianca.

Weshalb?

Contamour.

Ein Besserer als ich, der Dichter selbst
Wird seinem Wort des Lautes Leben leihn:
Bertran de Born ist eben angekommen.

Bianca.

Wie? Hör' ich recht? Ihr sagt . . .

Contamour.

Bertran de Born.

Ich sah ihn selbst und eil', ihn zu begrüßen. (Ab.)

Bianca (b. S.).

Mein heißer Wunsch hat ihn hieher gebracht.
Bertran de Born, ich glaub' an Zaubermacht.

(Rasch links ab.)

(Unterdessen ist Ines bald halb rechts, bald halb links
um Perez herumgeschlichen, ihn scharf musternd, wovon er
Anfangs keine Notiz genommen. Beim Abgang Bianca's
sind sie unter solchem Spiel, indem Perez ihr ausweicht
und allmälig Verwunderung und Verdruß zu erkennen
gibt, im Vordergrunde angekommen.)

Perez.

Was habt Ihr so an mir herumzuspähn

Ines.

Mein Schatz ....

Perez.

Was? -- Schatz? Ich hab' Euch
nie gesehn.

Ines.

Mich nie gesehn? Es steckt in eurer Haut
Der Schneemann doch, den heut' ich aufgethaut.

Perez.

Es scheint, Euch selbst ist der Verstand verschneit.

Ines.

Was? Wollt Ihr leugnen, daß Ihr Perez seid?

Perez (kurz auflachend).

Perez? — Ja so! — Nun geht mir erst ein
Licht auf!
Das Späßchen führte häufig schon der Wicht auf.

Ines.

Der Wicht? ...

Perez.

Des Prinzen Kammerdiener. — Wißt,
Daß dieser Schalk mein Zwillingsbruder ist.
Wir sehn einander zum Verwechseln gleich;
So spielt' er mir schon manchen bösen Streich.

Er fündigt keck drauf los. Wenn Straf' und Schaden
Dafür ihm droht, hab' ich es auszubaden.
Bei Leichtsinnsthaten trägt er einen Rock,
Den ganz wie meinen er bestellt beim Schneider,
Schlüpft rasch nachher in seine Unschuldskleider
Und macht stets mich zu seinem Sündenbock. —
Ihr thut mir leid von Herzen. Armes Ding,
Auch Euch wol gab er einen Tombakring,
Und flugs bethört auch Euch der Aberglaube,
Ihr trüg't nun als Frau Perez bald die Haube.
Das ist gewiß bereits das zehnte Mal,
Daß mich ein Mädel fordert zum Gemahl,
Das Er verführt! — Dürft' ich den Glauben hegen,
Daß Ihr ihm noch nicht — allzuweit entgegen
Gekommen... dann...

Ines.

Was meint Ihr? Sagt's, Herr... Zwilling.

Perez.

Dann wüßt' ich, wie wir's noch in Ordnung brächten;
Dann hätt' ich Lust beinahe, einen echten
Euch anzubieten für den falschen Schilling.
Ich hab' ein eignes Haus, ich bin noch ledig,
Und Euch betrachtend, fühl' ich mich verlockt,
Zu essen, was mein Bruder eingebrockt.

Ines.

Herr Zwillingsbruder, Ihr seid gar zu gnädig.

Perez.

Wenn Ihr für mich ein Fünkchen Neigung spürt ...

Ines.

(Scharf und als eine Hauptwendung des Stückes recht
laut und langsam.)
Hier wird das alte Sprichwort aufgeführt,
Daß an dem Diener man erkennt den Herren.
(Sehr bestimmt.)
Wie mich nun Ihr, will Er die Gräfin närren.
(Kleine Pause.)
Wenn scheiternd Ihr bei mir auf Klippen stoßt —
Ein Hoffnungsstern läßt Euch noch etwas Trost;
So stellt nach diesem jetzt das Steuerruder.
Ich halte zwar an euerm — Zwillingsbruder,
Dem kecken Wildfang Perez, nur noch fester;
Euch aber — hört's und staunet! — Euch, mein Bester,
Euch schick' ich meine lahme Zwillingsschwester.
(Rasch ab.)

Perez.

Verwünscht! (Greift sich in die Haare, bekommt dabei
seine Perücke abgerissen in die Hand, beschaut sie einen
Augenblick und wirft sie dann wüthend weg.)

Dem Grafen hat mein Affenstreich
Das Spiel verpfuscht! — Nun, er ist listenreich!
Zwar auf die Scene muß, obwohl erkannt,
Er nun hinaus im Troubadourgewand;
Doch denk' ich, auch bei diesem Stand der Dinge
Zieht glücklich noch sein Witz ihn aus der Schlinge.

(Rechts ab.)

Siebenter Auftritt.

René, Flordelys von hinten rechts nach links vorn
langsam über die Bühne schreitend.

René.

Ihr sagt, den Brief...

Flordelys.

Verfaßte selbst mein Graf.

René.

Sein Zwillingsbruder...

Flordelys.

Schläft den langen Schlaf,
Nachdem er schon am dritten Lebenstage
Vertauscht die Wiege mit dem Sarkophage.

René.

Und euer Prinz...?

Flordelys.

Hat, so wie Haar und Bart,
Zum Gegenschein gefälscht die Eigenart.
So wollt' er theils das Schicksal jener beiden,
Die eure Tochter abgeblitzt, vermeiden,
Theils Bianca's Herz und seines erst erproben
Und nur aus wahrer Liebe sich verloben.
Nun liebt er sie und glaubt, trotz allem Schein
Des Gegentheiles, auch geliebt zu sein.

René.

So kommet in mein Kabinet und weiht
In euern Plan mich ein.

Flordelys.

Ich bin bereit.
(Beide links ab.)

Achter Auftritt.

Perez, rasch von rechts. Ihm folgt, ihn zu halten be-
müht, einen grauen Mantel umgeworfen, auf dem Kopfe
eine lächerlich große altjüngferliche Haube und an einer
Krücke hinkend, **Ines.**

Ines.

Geht nicht so rasch. Mein linkes Bein ist lahm.

Perez.

Ich bin ja schon zerknirrscht von Reu' und Scham.
Vergebt! Seid nicht so grausam, Ines!

Ines.

Esther

Ward ich getauft. Die lahme Zwillingsschwester
Der Ines bin ich.

Perez.

Wer die Waffen streckt
Und seine Schuld bekennt, verdient Pardon.
Ich bitt' Euch, sagt mir's, weiß die Gräfin schon,
Was euerm Witz mein dummer Streich entdeckt?

Ines.

Witz? — Gräfin? — Streich? — Trotz allem
Kopfzerbrechen
Bedünkt es mir, chinesisch hör' ich sprechen.
Nun sagt, wo euer Zwillingsbruder steckt?
Die Schwester Ines schwört, daß mich zu frei'n
Er willens ist, trotz meinem lahmen Bein.

Perez.

Ich mein', Ihr hättet mich genug geneckt!

Ines.

Wo ging er hin? — Ihr haltet's mir geheim?

Perez.

Er ging, woher er kam — nach Nirgendheim.

Ines.

Mit euerm Grafen ist er ausgerissen?
Das laß' ich gleich die Gräfin Bianca wissen.
Zwar euerm Prinzen ging sie auf den Leim,
Doch weiß sie gut Bescheid von — Traumgewächsen
Und wird's verstehn, sogar aus Nirgendheim
Den Zwilling sich und mir zurück zu hexen.
(Wirft den Mantel fort, nimmt die Haube ab und lacht
ihn schelmisch an; dann neckisch und natürlich.)
Zum Angedenken, Schneemann, nehmt die Krücke
Und legt sie mit dem zweiten Seitenstücke,
Der Haube hier, zu eurer Fuchsperücke.
(Kichernd, rasch und ohne zu hinken, links ab.)

Perez.

O wär' ich leiblos wie mein Schatten doch,
Ich kröch' aus Scham in's nächste Rattenloch.

Vorhang fällt.

Fünfter Aufzug.

Festlich illuminirter Garten mit dämmriger Fernsicht auf eine walbumrahmte Wasserfläche. Vollmondschein; einige Sterne sichtbar. Im Mittelgrunde ein hell beleuchteter Springbrunnen; rechts ein vorspringendes Bosquet. Vorn links Terrasse mit Sitzen. Derselben rechts gegenüber ein niebriges, seitwärts mit Laub und und Blumen verkleibetes Rebnerpiebestal, nach den Zuschauern durch einen vergolbeten Flügelgreifen gebeckt. Sanfte Harfenmusik hinter der Scene.

Erster Auftritt.

Aus der hintersten Coulisse links, einen Bogen über die Bühne beschreibenb, **Borbôn** mit bem Stabe vorschreitenb, Pagen, bann **René**, ihm zur Linken **Florbelys**; **Bianca** mit **Ines** unb noch mehrere Paare Hofbamen, alle genau gleich in Weiß unb verschleiert; boch trägt Bianca unter bem Schleier ein hohes unb auffälliges Diamantenbiabem, in ber Hanb einen Fächer, welcher sich von bem ber Ines in Form unb Farbe grell unterscheibet. Zuletzt Herren-

gefolge René's, mit demselben der **Seneschal.** Nachdem
alle außer Bordôn Sitze auf der Terrasse eingenommen
haben:

René.

Wir sind bereit, Bordôn. Die warme Nacht,
Des Myrthenhaines schmeichelndes Arom,
Im dunkeln Grün die bunte Lichterpracht,
Der Fernblick auf den waldbegrenzten Strom,
Der Himmel, der so tief und heiter blaut,
Der Mond, der voll von ihm herniederschaut,
Das Plätschern und der Athem frischer Kühle
Des Springquells dort, der Harfen Flüsterlaut,
Erfüllen uns mit sanftem Wohlgefühle.
In solcher Stunde mag's dem Sänger glücken,
Der Wirklichkeit uns gläubig zu entrücken.
So hole her den hochberühmten Gast.

(Bordôn rechts ab.)

Bianca

(macht eine rasche Bewegung zum Aufstehen und legt den
Arm auf Ines.)

Ines.

Was ist Euch, Herrin? Bleibet kühl gefaßt.

Bianca.

Die Spannung, ob du recht vermuthet hast,
Drückt mir das Herz ab. Fühle, wie es bebt.

8

Zweiter Auftritt.

Vorige. **Bordôn** kehrt zurück. Mit ihm **Alphons**, als Troubadour, in kurzem Mantel von carmoisinrothem Sammet, desgleichen Wams mit Puffärmeln; Federbarett. Trägt jetzt nur ein feines Schnurbärtchen, blondes Locken= haar. Während des Folgenden spricht er ehrerbietig mit **René** und **Flordelys,** die ihm einige Schritte entgegen= gekommen sind. Zuletzt, im Anzuge des 3ten Aufzuges, darüber einen Mantel, auf dem Kopf einen sehr breit= krämpigen Schlapphut, **Perez,** der in unsicherer Haltung im Hintergrunde rechts hinter einem Bosquet nur halb sichtbar bleibt.

Ines.

Still! — Seht, er kommt.

Bianca (sobald Alphons aufgetreten).

Ines, mein Traumbild lebt!
Der Knabe ganz, — zum schönen Mann gereift.

Ines.

Die falschen Bärt' und Brauen abgestreift,
Die blonden Locken rein vom schwarzen Puder.
Es ist Alphons, sein eigner Zwillingsbruder.
Dort Perez auch, scheu im Gebüsch versteckt.
So Herr als Diener wissen sich entdeckt!

Bianca.

So arg betrogen! — Könnt' ich ihn nur hassen!
Was soll ich thun?

Ines.

Vorerst nicht merken lassen,
Daß Ihr das Spiel durchschaut. Wann Ihr
durch List
Besiegt ihm scheint, dann zeigt, daß Er es ist.

René.
(Mit Florbelys zu seinem Platz zurückgekehrt.)

Wohlan, de Born, besteigt den Hippogryphen
Zu kühnem Aufschwung aus der Gegenwart
Und nehmt bezaubert aus der Erde Tiefen
Uns Lauscher mit auf eure Himmelfahrt.

Alphons.
(Auf dem Piedestal, mondbeleuchtet.)

Schwer nur schwingt, o Fürst, der Dichter da
sich auf zu Himmelsflügen,
Wo die Erde fesselnd bietet paradiesisches Genügen.

Bianca. (Leise zu Ines.)

Wie schön er ist, bestrahlt vom Mondeslicht!
So schwebt' er einst mir vor als Traumgesicht.

8*

Alphons.

Eine holde Stätte schuft Ihr, auszuruhn von
Tagesmühen,
Wann am Horizont die letzten Streifen Abendroth
verglühen,
Wann, das dunkle Grün durchblitzend, sacht von
Ost heraufgeschwommen
In der wolkenlosen Bläue droben Mond und Sterne
kommen.

Bianca (w. o.).

Kommt diese Stimme aus derselben Kehle,
Die nur geschaffen schien für Schlachtbefehle?

Alphons.

Die dem Himmelslicht entgegen dort den kühlen
Springquell sandten,
Daß er eine Palme bildet von zerstäubten Dia=
manten;
Die mit tausend bunten Lichtern, denen dort in
Weltenfernen
Grüße bietend, auch die Laubnacht hier auf Erden
hold besternen;
Sie, das weiß ich, sind des Glaubens, daß die
Welt ein Gottgedicht sei,
Und es schöner fortzudichten heilig höchste Menschen=
pflicht sei.

Bianca (w. o).

Ist das Derselbe, der mit Hohngelächter
So gut gespielt den Poesieverächter?

René.

Ihr urtheilt recht. Wir glauben, unentstellt
In Gott vorhanden sei die Musterwelt,
Und unsre hier, gebannt in Zeit und Raum,
Sei wenig mehr, als ihres Schattens Traum.
Doch dürfen wir empor zu jener zweiten
Zuweilen an der Hand des Dichters schreiten.

Alphons.

Edler Fürst, zum Urgeheimniß unsrer Kunst die
enge Pforte
Kennt Ihr, und den Zauberschlüssel zeigen eure
tiefen Worte. —
Wie man sich zu halb verwehten Stapfen, die beim
Meeresbade
Leichten Schritts ein schönes Mädchen eingeprägt
im Sandgestade,
Füßchen modeln mag und passend weiter dann im
Geiste bauen
Alle Glieder, um vollendet eine Huldgestalt zu
schauen:

Aehnlich sieht in allen Dingen der Poet auf jedem
Wege
Von dem Schreiten hehrer Muster halbverwischtes
Fußgepräge.
Schwacherfüllte Werdewünsche einer unsichtbar vor=
hand'nen
Zweiten Welt erkennt sein Auge in der derb im
Kampf entstand'nen.
Doppelt schaut er jedes Wesen: wie es ist, und
wie es wäre,
Hätten's nicht entstellt, verstümmelt Neid und Noth
im Reich der Schwere.
Ach, am meisten mit sich selber liegt er
stets in hartem Streite.
Fast, als ob in ihm als Zwilling ihn sein
Gegentheil begleite.

Bianca (w. v.).

Das klang wie Vorwort fast zu Friedensbitten.

Ines.

Die Mär vom Zwillingsbruder ist — verlesen.
So zeigt er selber sich zum Doppelwesen
Entzweit, und fordert bald, Ihr sollt es — kitten.

Alphons.

Mich zum Lebenswettspiel härten, kühn von Schlacht
    zu Schlachten fliegen,
Reichthum, Glanz und Ruhm erwerben, Herrschaft,
    Fürstenmacht ersiegen,
Jedem Schwärmertraum entsagen, der den Willen
    weich und stumpf macht,
Was nicht Mannheit stahl ist, bannen, bis ich nichts
    bin, als Triumphmacht;
Mir zum Reiche diesen Erbtheil eben groß genug
    erachten: —
Das ist einer Wesenshälfte stolzes, mitleibloses
    Trachten.

Ines (w. o.)

Costumeportrait in Rolle „Grobian".
Gebt acht, nun folgt, mit Sammet angethan,
Auch mild und weich wie Sammet von Natur,
Costumeportrait in Rolle „Troubadour".

Alphons.

Jener ersten Wesenshälfte Gegenzwilling bricht sein
    Schweigen
Erst wann's dämmert und am Himmel sacht empor
    die Sterne steigen.

So dann wird von diesem Bruder jenem stolzen
es vergolten,

Daß er einen weibisch weichen Zeitverträumer ihn
gescholten:

Was du nennst den Ernst der Thaten, lobst als
Arbeit, Ruhm der Waffen,

Deine Dienstpflicht ist's, zum Spielen Muße
Mir und Raum zu schaffen.

Reinstes Glück und höchste Würde kostet, fühlt der
Mensch im Spiele;

Nur mein Spiel ersinnt und zeigt bir beines Ringens
werthe Ziele.

Was bezweckt dein hartes Frohnen, Streiteschlichten,
Fehdenfechten?

Nur wie hier uns zu belohnen mit so trauten
Zaubernächten.

Laß mich spielen, laß mich dichten von der zweiten
Welt Gefilden

Und nach ihr dich unterrichten, sie hienieden nach=
zubilden. —

Also streiten diese Beiden in mir Einem ohne
Richter.

Nicht versöhnbar noch zu scheiden sind der Welt=
ling und der Dichter.

René.

Gibt's keinen Mittler, der vom gleichen Rechte
Das Paar belehrt' und es zum Frieden brächte?

Alphons.

(Verläßt das Piedestal, tritt in die Mitte, feurig.)

Kein Mittler kann das, nur die Mittlerin,
Auf deren Spur ich heute hier nun bin.
Mein Lied von ihr, nach der ich Land um Land
Durchsucht seit Jahren, ist ja weltbekannt.
Die mir vom Himmel selbst bestimmte Braut,
Die deutlich einst mein Wundertraum geschaut,
Hat in derselben Nacht geträumt von mir,
Das weiß ich nun und fühle, daß uns hier
Bevorsteht endlich die Begegnungsfeier;
  (bestimmt, auf die verschleierten Damen zeigend:)
Denn sie verhüllt mir einer jener Schleier.

René.

Versucht's denn, ob vom rechten Antliz fort
Vielleicht den Schleier zieht ein Schmeichelwort.
Uns alle geb' ich frei vom Regelzwang;
Zerstreut, gesellet euch nach Herzenshang
Zum Zwiegespräch, zu Witzspiel, Scherz und Necken
In dieses Gartens Gängen, Schattenhecken.

Kurz, für die schöne Sommernacht sei heut
Das volle Recht der Faschingslust erneut. —
Mit Euch, de Born, bevor ich Euch den Frauen
Ganz gönnen darf, ein Wörtchen im Vertrauen.
(René mit Alphons, Florbelys mit Bianca, je ein Herr
mit einer Hofdame nach hinten links ab. Vordôn und
Seneschal bieten zugleich Jnes den Arm.)

Ines.

Wen auch ich wähl', ich kränk' auf jeden Fall
Den anderen. Erspart mir die Gefahr.
Herr Haushofmeister und Herr Seneschal,
Ihr formt ja selbst das würdevollste Paar.
(Rasch ab vorn links.)

Seneschal.

Sie will mich doch! Dies neckische Gezier
Verräth erst recht für mich ein zärtlich Fühlen.

Vordôn (seinen Arm nehmend).

College, kommt, mit Ausbruchmalvasier
Den Aerger auf den Kobold niederspülen.
(Beide hinten rechts ab.)

Dritter Auftritt.

Alphons, Bianca, verschleiert, zusammen von hinten rechts. Später **Perez.**

Alphons.

Am Diamantschmuck, der den Flor durchglimmt,
Erkenn' ich Bianca; daß wir zwei bestimmt
Vom Schicksal sind zu seeligem Herzenstausch,
Bezeugt in meiner Brust ein Wonnerausch.

Bianca (kühl zurückhaltend).

Ich weiß, du bist aus fürstlichem Geschlecht,
Vertran be Born. So räum' ich ein dein Recht,
Um mich zu werben. Doch sehr ungewiß
Macht den Erfolg ein ernstes Hinderniß.

Alphons.

Gib an, worauf dies Hinderniß beruht?

Bianca.

Darauf, daß Bianca leider allzugut
Als herrisch hart und kalt den Prinzen kennt,
Von dem man dich den Zwillingsbruder nennt.

Alphons.

Sind Zwillingsbrüder immer wesensgleich?

Bianca.

Trägt Pfirsiche des Dornasts Nebenzweig?

Alphons.

So ließ dich taub, was dir der Troubadour
Gebeichtet hat von seiner Zwienatur?

Bianca.

Im Gegentheil, mir ging kein Wort verloren;
Dich ganz durchschauen lernt' ich mit den Ohren.

Alphons.

Wie lautet dieser Seelenschau Beschluß?

Bianca (neckisch).

Daß mir de Born ein Kunststück zeigen muß.

Alphons.

Und welches? Rede!

Bianca.

Wie mit einem Kuß
Er an sein Herz den Zwillingsbruder drückt.
Wenn das, und dann auch der Beweis ihm glückt,
Daß er nur äußerlich dem Bruder gleicht . . .

Alphons.

Darf dann ich hoffen?

Bianca.

Dann, de Born, — vielleicht.
Rasch ab.)

Alphons.

Des Dieners Vorwitz hat mein Spiel entdeckt.
Sie foppt, sie hält mich hin. — Doch so geneckt,
Das ist — geliebt. — Mich weder selbst umarmen
Noch küssen kann ich. Wie denn leit' ich's ein,
Daß Bianca selbst sich hergibt aus Erbarmen,
Zu dem Behuf mein ander Selbst zu sein?

(Sinnt.)

Ja, so wird's gehn. — Da kommt der Spaßverderber.

(Perez von rechts.)

Er spiele jetzt den Troubadour und Werber.

Perez.

Vergebt mir Herr, daß Euch ich nachgeäfft;
Ich war ein Thor, ein Tropf, ein dummer Flegel.

Alphons.

Es schadet nichts. Ich habe schnell gerefft
Und umgestellt zu neuem Curs die Segel.
Bald lauf' ich in den Hafen. — Nur die Helle
Ist störend meinem Plan an dieser Stelle.

(Bühne wird dunkel.)

Doch sieh, der Mond erwirbt sich meinen Dank,
Er taucht hinab in eine Wolkenbank.

Der Wind der Nacht hebt stärker an zu rauschen
Und bläst schon hier und da die Lichter aus.

Flink! Hilf ihm nach; doch laß dich nicht belauschen;
Dann folge mir in jenes Gartenhaus;
Da wollen Hüte wir und Mäntel tauschen. (Ab.)

Perez.

(Nachdem er alle noch nicht erloschenen Lämpchen in der
nächsten Umgebung ausgeblasen hat.)

Glückauf! Als Prinz vermummt und Troubadour
Beköder' ich recht fett die Angelschnur
Mit Lob für meines Dieners Herz und Geist,
Bis fest sich dran mein Aelchen Ines beißt.

(Hinten rechts ab.)

Vierter Auftritt.

Ines, Bianca von vorn rechts.

Bianca.

Dein Plan ist keck.

Ines.

Mit uns im Bunde steht
Der Wind. Er hat die Lampen ausgeweht.
Drum rasch an's Werk, es macht sich ganz bequem.
Erkennbar seid Ihr nur am Diadem

Und an dem Fächer. Nehmet also meinen
Und lasset mich in euern Edelsteinen
Die Gräfin spielen. In der Laube dort
Bewirken wir den Tausch.

Bianca.

Es kommt wer. Fort!
(Beide vorn links ab.)

Fünfter Auftritt.

Alphons, in des Perez Mantel und Hut, **Perez** im
Troubadourmantel und Barett des Grafen, zusammen
von links hinten.

Alphons.

Jetzt höre, Perez. Falls dir Ines naht,
Verfahre ganz nach eignem Herzensrath;
Doch mit der Gräfin sprich — in meinem Ton —
Recht tolles Zeug. In ärgster Confusion
Bediene sie mit Abfall meiner Phrasen
Als Troubadour. Steh nahe dieser Hecke,
In welcher ich mich unterdeß verstecke,
Um, falls du stockst, dir etwas einzublasen.
(Ab hinter die Hecke, aus welcher er sich während des
folgenden Auftritts von Zeit zu Zeit herausbeugt, um
dem Perez zu souffliren.)

Perez.

Es wird mir doch ein bischen schwül zumuthe!
Statt daß mein Hirn in meines Prinzen Hute
Erhellt ein prinzlicher Gedankenblitz,
Vergeht mir selbst mein Kammerdienerwitz. —
Mit Ines laß' ich fünf gerade sein;
Doch heikel wird die Maskerade sein,
Wenn in's Gebet mich Gräfin Bianca nimmt.
Da muß ich, wie's zur Doppelrolle stimmt,
Beflissen sein, mich prinzlich auszubrücken,
Zugleich als Troubadour die Rede schmücken
Mit Bombastphrasen, unbegreiflich tief!

(Gegen die Hecke sprechend:)

Herr, laßt mich nicht im Stich, sonst geht es schief!

(Alphons winkt ihm ermuthigend.)

Man kommt! — O weh! Mein Selbstvertrau'n
        wird schwächer!
Die Gräfin ist's mit Diadem und Fächer.

(Nimmt seine Stellung dicht an der Hecke und bleibt
dieser während des Folgenden, öfter die Hand an's linke
Ohr legend, in gezwungener Körperstellung zugeneigt,
wie ein ängstlich am Souffleur klebender Schauspieler.)

Sechster Auftritt.

Perez, hinter der Hecke **Alphons, Ines** mit Biancas
Diadem und Fächer von links.

Ines (b. S.)

Sieh, mit Alphons hab' ich das erste Treffen.
Da gilt's, der Gräfin Stimme nachzuäffen.
(Laut, zärtlich.)
Vertrau de Born, Euch kenn' ich lange schon.

Perez.

(Nach Hinhorchen auf den soufflirenden Alphons.)
Ich, Hoheit, auch, berauscht vom Schlummermohn.

Ines.

Wie sagt Ihr? Ich verstand Euch offenbar nicht.

Perez (b. S.).

Das glaub' ich gern. Ich selbst auch ganz und
gar nicht.
(Laut, nachdem Alphons wieder soufflirt hat, chargirt
pathetisch.)
Auf hohem Wolkenthrone traumentstanden,
Denn was man glaubt, ist leiblich auch vorhanden.

Ines.

Ich bitt' Euch, muthet meiner Fassungskraft
Zuviel nicht zu. Ihr sprecht so räthselhaft.

9

Perez (w. o.).

Ich muß, indem die Welt ja, wie Ihr wißt,
Ein Räthselzwilling jener zweiten ist.

Ines.

Bin ich zu dumm nur, oder Ihr — zerstreut?

Perez.

(Wie zuvor, indem Alphons zu jeder Zeile wieder soufflirt.)
Im Gegentheil, Ihr setztet mich zusammen.
Das Zwillingspaar verschmolzt Ihr eben heut;
So müßt Ihr aus der zweiten Welt wol stammen;
Denn in der Welt von derbem Stoff und Duft
Verkrüppelt Neid jedwede Werbelust.

Ines.

Sprecht Ihr gelehrt, Herr, oder — unbewußt?

Perez (wie zuvor).

Ihr trefft den I=punkt! Auf der Erdenkruste
Der Töpfermeister ist das Unbewußte.

Ines.

Erbarmt Euch, Prinz! Fast bin ich schon so weit,
Ein Stoßgebet zu richten an Sanct Veit.
Drum bitt' ich, reden wir von andern Dingen.
Uns zwei zu paaren konnte nicht gelingen;
Doch spann sich zwischen meinem Kammermädel
Und euerm Perez Liebeseingefädel.

Ein Schelm, ein Wildfang ohne Zuverlaß
Zwar dünkt er mir, und sehr gerathen schien es,
Ihm flugs den Korb zu geben und den Paß;
Doch wirklich zugethan schon ist ihm Ines.
Was meint Ihr?

Perez.

(Hat sichere Haltung gewonnen und ist näher der Mitte
getreten.)

Perez, bei meiner Seel',
Ist aller Kammerdiener Kronjuwel,
Gewandt, begabt, wie Gold getreu und echt.
Die seine Frau wird, bettet sich nicht schlecht.
Zweitausend Peso hat er selbst erspart,
Ist einz'ger Sohn; sein Vater, hochbejahrt,
Besitzt ein eignes Haus.   Auch erbt er künftig
Vom Oheim noch.

Ines (b. S.).

Jetzt spricht er ganz vernünftig.
(Laut.)
Ihr sagt, ein Haus ....

Perez.

Mit großem Gartenstück,
Auf dem sein Vater die berühmten Feigen
Von Barcelona zieht, ist bald sein eigen.

9*

Ines.

Ihr meint, er böt' ihr ein gediegnes Glück?

Perez.

Vom Garten könnte Perez jederzeit
Um hundert Peso den Ertrag verpachten.

Ines.

Ihr wißt ja wunderbar genau Bescheid!
(V. S.)
Den Prinzen muß ich mir bei Licht betrachten.
(Laut.)
Ihr also, Prinz, Ihr hättet nichts dagegen?

Perez.

Von ganzem Herzen geb ich meinen Segen.
(Sie sprechen leise weiter.)

Gordon (sehr laut, hinter der Scene).

Wo steckt ihr, Jaurec, Flaubert, faule Rangen?
Die Lampen sind vom Winde ausgegangen.

Ines.

Laßt uns darüber weiter unterhandeln,
Mein Prinz, derweil wir durch den Garten wandeln.

Perez.

Gern, Hoheit.

Ines.

Seht, dort leuchten wieder prächtig
Die Feuerperlen auf in langen Schnüren.

Perez (b. S.).

O weh, sie will dem Licht mich näher führen!
Ich fürchte fast, der Prinz warb ihr verdächtig.

. (Mit Ines ab in den Hintergrund.)

Siebenter Auftritt.

Bianca, die schon während des vorigen Auftritts ab
und zu in der Coulisse links lauschend sichtbar geworden
ist, aber durch Gebärden ihr Bedauern angedeutet hat,
nichts zu verstehen.

Bianca.

Wie's scheint, bedarf man keiner Meisterschaft,
Mich vorzustellen! Wenig schmeichelhaft.
Die Zofe, der ich meinen Schmuck geborgt,
Für mich verdachtlos hinzunehmen schien er!
Wie schade, daß ich nicht ein Wort erhorcht! —
Doch sieh, da kommt des Grafen Kammerdiener.
So mach' ich nun als Ines den Versuch,
Aus ihm, dem sich Alphons gewiß entdeckt,
Herauszulocken, was der Maskentrug
Und dieses Zwillingsbruderspiel bezweckt.

Achter Auftritt.

Bianca, Alphons, von rechts.

Alphons (b. S.).

Ihr Röschen, Ines! — Ob die Frucht zum Schütteln
Jetzt reif, — als Perez will ich's nun ermitteln.

Bianca (Ines nachahmend).

Mein Schatz, ich bin geneigt, den Myrthenkranz
Von dir zu nehmen, dir den Mummenschanz,
Dein Zwillingsspiel, in Gnaden zu verzeihn;
Doch mußt du jetzt vollkommen ehrlich sein.

Alphons.

Das heißt, statt Ines meinen Herrn betrügen.

Bianca.

Im Gegentheil, erst ineinander fügen
Die Hände helfen dieser beiden Stolzen.

Alphons.

Die tragen Herzen in der Brust von Eis.

Bianca.

Nein, Liebster, das der Gräfin ist geschmolzen,
Und mir bedünkt, auch das des Prinzen sei's.
Du mußt es wissen. Sag' es mir nun offen.

Alphons.

Je nun, ich glaub', es schmilzt, sobald er weiß,
Er dürf' auf Biancas Gegenliebe hoffen.

Bianca.

So sag' ihm, daß er's darf.

Alphons.

Ich will's bestellen.

Bianca.

Doch gilt's, zuvor noch Eines aufzuhellen.

Alphons.

Und was?

Bianca.

Sie wär' ihm längst an's Herz geflogen,
Wenn er sie nicht verhöhnt und grob betrogen.
Beweist er, daß er trift'gen, edeln Grund
Dazu gehabt, dann ist mit ihr der Bund
Sogleich vollzogen.

Alphons.

Ei, liegt sein guter Grund nicht auf der Hand?
Ihr launisch Ränkespiel war weltbekannt.
Ihn unterrichtet hatte mancher Warner,
Wie sie den Grafen Aire, dann den Bearner

Zuerst bestrickt und dann dem Spott der Welt
Recht schadenfroh und grausam bloßgestellt.
Erst wissen mußt' er, ob aus bösem Herzen
Der Trieb nicht kam zu so frivolen Scherzen.

Bianca.

Was jedem Mann, der um die Gräfin warb,
Bei der von vornherein das Spiel verdarb,
Das war von deinem Herrn ein Knabenbild.
Dies ward ihr Talisman, ihr Herzensschild.
Nach dem hat ihr den künftigen Gemahl
Ein lichter Traum gezeigt, der ihr befahl,
Auf ihn zu warten.

Alphons (sich vergessend).

Wonnevolle Kunde! . . .

(Einlenkend im Ton des Perez.)

Für meinen Herrn.

Bianca (b. S.).

Kam aus des Dieners Munde
Der Jubelton? (Laut.) Doch sprich, mit welchem
Grunde
Vertheidigt er die Zwillingsmummerei?

Alphons
(unverstellt, mit steigender Wärme).

Du hast's ja schon vernommen, daß aus zwei

Verschiednen Wesen, Weltling und Poet,
Nach Selberkenntniß Graf Alphons besteht.
Nicht S p i e l nur war's, daß er ihr beide zeigte,
Es war auch ernst gemeinte Seelenbeichte,
War die der Braut gestellte Schicksalsfrage,
Ob sie die Zwienatur zu lieben wage,
Ob sie den Fürsten von so strengem Kern
Zum Gatten wolle und zugleich zum Herrn;
Ob ihre Seele Flügel auszubreiten
Und auch den Dichter treulich zu begleiten,
Zu förbern, spornen, führen selbst vermöge,
Wenn auf in's Reich der zweiten Welt er flöge;
Ob sie für ihn die Kraft zum höchsten Heile
Im Herzen fühle, seine Zwillingstheile
In ihrer Liebe seelig zu versöhnen
Und so sein Loos mit vollem Glück zu krönen.

Bianca (mühsam an sich haltend).
Für einen Diener sprichst du sehr gewählt.

Alphons.
Und wenn man dich aus deiner Hülse schält,
Dann ist der Kern ein Kammerzöfchen schwerlich.
(Innigst.)
Was meinst du, ward der Schleier nicht entbehrlich?

Letzter Auftritt.

Die Illumination des Gartens flammt auf zu höchster
Pracht. **Perez,** das Diadem in der Hand, **Ines,** Mantel
und Barett des Grafen tragend, Arm in Arm rasch aus
dem Bosquet rechts. **Alphons** und **Bianca** trennend,
treten sie in die Mitte des Vordergrundes; ihnen folgen
links **Bordôn,** rechts der **Seneschal,** zu hinterst **René**
mit **Flordelys.**

Bordôn (auf Perez deutend).

Der schnappt sie weg! Vergölten's ihm die Raben!
(Links ab.)

Seneschal
(die Hände über dem Kopf zusammenschlagend).

Begreif's, wer kann! Ich war für sie zu haben!
(Rechts ab.)

Perez (Bianca das Diadem zeigend).

Mich als Prinzessin foppte meine Braut
Und maßte sich dazu dies Diadem an.
(Setzt es Bianca auf, die inzwischen ihren Schleier vom
Kopf zurückgeschlagen hat.)

Ines (zu Alphons).

Aus eures Zwillings rother Schlangenhaut
Ist ausgeschlüpft mein aufgethauter Schneemann.

(Indem sie, das Barett in der Rechten, den Mantel aus=
breitet und ihn Alphons umhängen will:)
Euch paßt vielleicht, nachdem der Troubadour
Daraus verduftet ist, de Born's Montur.

Alphons.

(Nimmt ihr beide Stücke ab und wirft sie bei Seite;
ebenso den von Perez geliehenen Mantel und Hut. Auf
sein entblößtes lockenumwalltes Haupt fällt volle Mond-
beleuchtung.)
Ich werf' aus eignem Herzensdrange schon
Die Maske fort.

Bianca.

Im Garten ward es licht,
Im Herzen auch. Mir strahlt ein Angesicht,
Das kenn' ich, lieb' ich nun so lange schon.

Alphons.

Komm an mein Herz!

René.

Empfangt zu eurem Bunde
Den Vatersegen.

Flordelys.

Und von mir die Kunde,
Daß Ihr zum Königreich am Traualtar
Die Länder eint als erstes Königspaar.

Bianca.

Dem Stolz ist in der Brust, die an die deine
Sich endlich schmiegen darf, kein Raum gewährt.
Mein Glück nur fühl' ich, und im Glück dies Eine:
Daß dennoch als ein Seelenruf
Von Ihm, der unsre Herzen schuf,
Sich herrlich nun mein Traum bewährt.

Vorhang fällt.

L. C. Wittich'sche Hofbuchdruckerei in Darmstadt.

Von W. Jordan erschienen in demselben Verlage:

Epische Briefe.
Mk. 5. Geb. Mk. 6.

— — —

Andachten. (Dichtungen.)
Mk. 5. Geb. Mk. 6.

— — —

Die Erfüllung des Christenthums.
Mk. 5. Geb. Mk. 6.

— — —

Festspiel zur Eröffnung des neuen Theaters in Frankfurt a. M.
Dritte Aufl. brosch. 50 Pf.

— — —